JULA LANGHIRT

Tanya tanzt Tango

Roman

Bibliografische Information der Deutschen Nationalbibliothek
Die Deutsche Nationalbibliothek verzeichnet diese Publikation
in der Deutschen Nationalbibliografie; detaillierte bibliografische
Daten sind im Internet über http://dnb.d-nb.de abrufbar.

© 2016 Jula Langhirt
Umschlagdesign, Satz, Herstellung und Verlag:
BoD – Books on Demand
ISBN 978-3-7412-5657-8

Tanya tanzt Tango

Prolog

Im Flugzeug ist es eng, viel zu eng. Die Passagiere sitzen dicht an dicht, je nach Körperstatur fast aufeinander. Würde man sich in einem Aufzug so nah kommen, fiele dies fast schon unter Belästigung. Zweifellos fühlt man sich nur dann wohl, wenn mehr als zwei Ellenbogenlängen Abstand dazwischen sind – ansonsten bewegt man sich zu aufdringlich, fast schon in der Intimzone des anderen.

In der von uns gebuchten Economy Class sind die Sitze nicht sehr breit. Der Nachbar rückt zwangsläufig eine Spur zu nah ran. Die gemeinsame Armlehne muss man sich teilen. In dieser Situation ist es angebracht, aufkeimende Aggressionen zu unterdrücken, und sich auf seine gute Erziehung zu besinnen.

***

Endlich. Ich sitze.

Der Sitz ist hart, wenig gepolstert und wird im Laufe der nächsten elf Stunden unbequem werden.

Am liebsten würde ich jetzt die Augen schließen und ein kleines Nickerchen machen. Die Frauenstimme, die in gefälligem Ton ihren Monolog aus dem Lautsprecher hält, gibt mir keine Chance.

»Mesdames, Messieurs, apres la fermetures des portes nous vous prions dàctiver le mode avion pour tous vos appareils elecroniques et de verifier que tous les modes d'emission soient desactives. Grace a un assouplissement de la reglementation pour l'utilisation des appareils electroniques a bord d'avion, nous pouvons vous autoriser aujourd'hui a vous servir de ces appareils en mode avion.«

Es ist immer die gleiche Ansage bevor sich das Flugzeug in Bewegung setzt. Eigentlich möchte niemand der unpersönlichen Stimme zuhören. Die Sicherheitshinweise sind obligatorisch und werden in mehreren Sprachen verkündet.

»For your safety, please take a moment to listen to this important message about safety on board. In preparation for departure, fasten your seat belt by placing the metal fitting into the buckle. For your comfort and safety, adjust the strap so it fits low and tight around your hips. To release your seat belt just lift the face plate of the buckle. As you know, turbulence is sometimes unexpected so we advice you to keep your seat belt fastenden whenever you are seated.«

Ich folge der Anweisung und schnalle mich mit dem Bauchgurt an. Meine Nachbarin zur rechten Seite tut es mir gleich.

Unsere Blicke treffen sich. Wir lachen beide und fühlen uns nicht nur eingeschnürt, sondern auch verbunden. Es ist kein Wunder, gemeinsam wagen wir diesen Trip über den großen Teich.

Tanya, seit Kindergartenzeit meine beste Freundin und ich, fliegen in einen hoffentlich schönen und außergewöhnlichen Urlaub.

Seit Tanyas Geburtstag im September haben wir diesem Tag entgegen gefiebert. Damals fassten wir in Sektlaune zu vorgeschrittener Stunde diesen Entschluss. Nachdem wir viele Angebote über Flüge und Aufenthaltshöhepunkte verglichen haben, sind wir uns einig über Paris zu reisen.

***

Heute ist der 7. Dezember.

Wir haben es geschafft und sitzen, wenn auch unbequem, im Flugzeug. Wie jedes Mal vor dem Start versuche ich der Anspannung entgegen zu arbeiten.

Ich schließe einfach die Augen.

Ich mache Atemübungen.

Sehr zu Belustigung für Tanya, aber mir hilft es.

»El capitan Martin Blanche y su tripulacion les dan una cordial bienvenida a bordo de nuestro Boeing 737 con destino a Buenos Aires.«

Ich schwebe auf Wolke sieben. Mein Atem ist wieder gleichmäßig, langsam verschwindet das beklemmende Gefühl. Gedankenlos – raumlos – zeitlos.

»Los chalecos salvavidas se encuentran debajo de sus asientos. Se les solicita atentamente apagar sus cigarrillos y enderezar el respaldo de sus asientos ya que estaremos despegando en breves minutos.«

Der Sicherheitscheck der Piloten lässt viele Geräusche entstehen. Brummen, Summen, Quietschen. Hydraulische und mechanische Teile werden auf ihre Bewegung geprüft. Start- und Landeklappen auf und ab bewegt.

Nein. Ich habe keine Flugangst, nur ein flaues Gefühl im Magen und im Kopf verspüre ich einen leichten Druck.
Augen zu lassen und durch.

Die Maschine wird rückwärts auf die Fahrbahn gedrückt. Man nimmt den Ruck des Schleppers deutlich wahr. Auf dem Weg zur Startbahn hört man das Rumpeln der Räder auf der holprigen Rollbahn. Die Verkleidung der Maschine quietscht und knarrt. Der Riesenvogel stoppt noch einmal bevor es in die Luft geht.

Nun wage ich doch einen zarten Blick aus dem kleinen runden Fenster auf der linken Seite.
Von diesem Sitzplatz hat man die Tragfläche mit dem roten Blinklicht im Blick. Außerdem bin ich der Meinung, dass hier in der Mitte des Flugzeuges, die Balance am besten ausgeglichen ist. Via Internet haben wir genau diese Plätze reserviert. Der dritte Sessel rechts von Tanya ist leer geblieben. Der Flug scheint nicht ausgebucht zu sein. Blickt man verstohlen um sich, stellt man fest, dass hier und da ein Kopf in den Sitzreihen fehlt.
Es ist soweit. Der eiserne Vogel hat vom Tower die Freigabe zum »Take off«. Die Motoren heulen vor dem Start mächtig auf. Von ihnen wird volle Leistung für das Abheben gefordert. Das Flugzeug beschleunigt auf der Startbahn immer mehr.
Die Passagiere werden in die Sitze gedrückt. Alles vibriert; die Räder holpern in immer kürzeren Zeitabständen und plötzlich ist es ganz ruhig.

Nur unter der Maschine rumpelt, knattert und summt es noch leise. Das Fahrwerk wird eingefahren und der Fahrwerkschacht geschlossen. Leichte Turbulenzen sind zu spüren, wenn man durch die aufsteigende warme Luft vom Boden oder von Windböen erfasst wird. Die Maschine steigt stetig im gleichen Winkel. Die Geschwindigkeit nimmt zu, die Motorgeräusche ab.

Nach gut zehn Minuten haben wir unsere Reisehöhe erreicht. Die Maschine geht in den Horizontalflug. Die Triebwerke sind kaum noch zu hören. Ich sehe wie die Start- und Landeklappen wieder eingefahren werden. Nun habe ich das Gefühle, dass wir sinken. Doch dies ist nur eine Sinnestäuschung.

Ein »Bing« der Anzeigenleuchte über meinem Kopf zeigt an, dass der Anschnallgurt gelöst werden darf.

Ich verharre lieber fest angeschnallt und stocksteif auf meinem harten Sitz.

Starker Wind könnte das Flugzeug hin und her schütteln, ich würde durch die Luft geschleudert.

Nein danke.

Mein gewagter Blick zu der Tragfläche beunruhigt mich. Eigentlich ist es völlig normal, dass diese sich zart nach oben und unten bewegen. Sie müssen so flexibel sein, um starken Winden Stand zu halten.

Ich gähne einige Male hintereinander, bis meine Ohren wieder frei von dem dumpfen Ton sind. Langsam verliert sich mein Druck im Kopf.

Von Minute zu Minute geht es mir besser. Ich nehme dankend das Mineralwasser an, das die nette Stewardess anbietet. Aufgrund der Klimaanlage herrscht an Bord eine sehr trockene Luft, was dazu führt,dass der Körper Wasser verliert und man einen trockenen Mund und trockene Haut bekommt.

Bislang haben Tanya und ich kaum ein Wort miteinander gewechselt. Auch sie kämpft mit dem Druck, findet jedoch die Sprache schneller wieder als ich.

»Siehst du, Jula, wir haben es trotz den widrigen Umständen heute morgen doch geschafft, den Flieger rechtzeitig zu erreichen. Jetzt wird alles gut. Du wirst sehen, in ein paar Minuten geht es uns wieder so gut, als wäre nie etwas gewesen. Ich wusste gar nicht, dass du so von Flugangst geplagt bist. Das hast du mir noch nie erzählt.«

Ich nicke erst einmal. Dann hole ich tief Luft, räuspere mich und antworte ihr mit unbekannter piepsiger Stimme:
»Hab' ich dir das noch nie erzählt? Seit unserer Zwischenlandung vor ein paar Jahren in Singapur habe ich jedes Mal Panik bei dem Start. Hubert und ich hatten damals, genau wie wir heute, die Sitzplätze über der Tragfläche. Die Maschine war für den Start vorbereitet. Wir waren schon auf dem Rollfeld, die ersten paar Meter schon im Anrollen, dann stoppte das Flugzeug abrupt. Funken kamen aus dem Triebwerk. Ich habe sie und den Rauch durchs Fenster gesehen. Die anderen Fluggäste auch. Panik kam auf. Die Crew war für solche Vorfälle geschult und brachte innerhalb von Sekunden die Passagiere zur Ruhe. Der Pilot stellte sofort die Motoren ab. Die Notbeleuchtung schaltete sich auto-

matisch ein. Die Maschine rollte eigenständig, behäbig und besonders schwerfällig zurück zum Gate.«

»Das hast du mir wirklich noch nicht erzählt.« kommentiert Tanya.

Ich erzähle weiter: »Für mich dauerte dies eine gefühlte Ewigkeit. Ich wollte so schnell wie möglich raus. Das ging natürlich nicht.

Im Handgemenge, lautstarkem Kindergeschrei und mit Schweiß auf der Stirn, brach beim Verlassen der Maschine letztlich doch Panik aus. Pilot und Copilot begleiteten die aufgebrachten Gäste sicher in den Terminal. Wir wurden in einen riesengroßen Warteraum mit Fenstern, die einen Rundblick über den gesamten Flughafen boten, gebracht. Liegestühle säumten die Front. Es gab Kaffee, Kuchen, Hot Dogs, sowie alle möglichen Getränke, auch viel Alkoholisches. Im ersten Moment war ich von dem Service angetan, dann aber schwante mir Böses. Sollte dieser Aufenthalt länger dauern?

Bei dem Blick aus dem Fenster zum Gate, wo unsere Maschine stand, fand ich die Bestätigung. Das Triebwerk lag in Einzelteilen auf dem Vorfeld. Ein Dutzend Mechaniker, die beiden Piloten und Feuerwehrleute gestikulieren mit den Armen.

Es dauerte und dauerte. Wir wollten doch alle zurück nach Frankfurt. Musste der Urlaub so jäh enden? Eine zuvorkommende Bewirtung konnte die Situation auch nicht aufwerten.«

»War diese Zwischenlandung als er auf dem Rückflug von Hong Kong wart?« fragt Tanya dazwischen.

»Ja, warte mal. Ich rechne mal kurz nach, wann das genau war. Das muss 2006 gewesen sein. Bei unserer Ankunft zuhause haben wir uns den Geländewagen gekauft, den Hubert heute noch fährt. Wo bin ich beim Erzählen stehengeblieben?«

»Ihr seid in der Flughafenhalle gut bewirtet worden.«

»An das benachbarte Gate schob sich ein Riesenvogel der Lufthansa heran. Keiner stieg aus. Hoffnung keimte in Hubert und mir. Vielleicht dürfen wir mit diesem Flugzeug als Ersatz für unser defektes nach Hause fliegen. Leider war dies nicht der Fall. Der Vogel wurde in kürzester Zeit mit Postsäcken beladen und verließ den Flughafen ohne uns. Es war spannend dem Treiben auf dem Rollfeld zu zusehen. An unserer Maschine wurden die Ladeklappen geöffnet. Die Trolleys mit den aufgestapelten Koffern wurden heraus gehoben und die Abdeckplanen abgenommen.

Einige Männer des Flughafenpersonals hantierten mit den Koffern. Offensichtlich suchten sie ein bestimmtes Gepäckstück. Das ganze Geschehen dauerte fast eine Stunde. Dann wuchtete einer der Männer einen Koffer auf die Schulter und begab sich Richtung Flughafengebäude.

Wem gehörte der wohl?

Warum wurde er mit großem Aufwand rausgesucht?

Inzwischen waren geschlagene sechs Stunden vergangen. Unsere Laune war auf dem äußersten Tiefpunkt angelangt. Wir wollten nur noch nach Hause. Da sah ich sie. Die Frau mit dem Koffer, der extra für sie aus dem Flieger geholt worden war. Es war *Moni Beal*, die Schauspielerin.«

»Die Beal war bei euch mit an Bord? Das blonde blöde Weibchen, das sich in den Liebesfilmen bei TRL alle Männer anbaggert?«

»So etwas guckst du dir an? Seit wann? Das habe ich nicht von dir erwartet.«

»Na zu gegeben, ab und an bleibe ich beim durch zappen der Sender dort hängen.«

»Sie stand mit dem auffällig bunten Koffer neben mir. Gerade als ich sie nach ihrem Vorhaben fragen wollte, kam auf Englisch die Durchsage, dass wir das Flugzeug wieder besteigen sollen und der Flug nun fortgesetzt wird. Die Beal fluchte etwas unverständliches und drängte mit dem großen Gepäckstück Richtung Gate. Wollte sie etwa auf einen anderen Flug umbuchen? Ich bekam keine Chance sie danach zu fragen. Ganze geschlagene zwölf Stunden starrte ich auf das Triebwerk. Ich ließ es keine Minute aus den Augen. Die Techniker hatten es tatsächlich geschafft, die Reparatur auf dem Rollfeld durchzuführen.

Ich habe seit diesem Vorfall panische Angst beim Start. Das kannst du mir glauben, Tanya. In Frankfurt haben die Beal und wir zusammen die Vorhalle des Flughafengebäudes betreten. Wir wurden von einem Blitzgewitter der Fotografen empfangen.

Haben wir etwas Außergewöhnliches erlebt oder etwas gewonnen, war mein erster Gedanke. Doch die Aufwartung galt nicht uns, sondern der Schauspielerin.«

»Das hättest du mir schon längst erzählen können«, kommt Tanyas Vorhaltung.

»Ich weiß, wärst du dann mit geflogen? Wir wollen doch einige schöne Tage in Buenos Aires erleben. Keine Horrorgeschichten über defekte Flugzeuge sollen uns die gute Laune vermiesen.«

»Es reicht schon, dass wir etwas orientierungslos durch den Flughafen in Paris gelaufen sind.«

»Ja. Ich finde den Airport *Charles de Gaules* im Vergleich zu Frankfurt oder Luxembourg unmöglich. Die Buchstaben der Ausschilderung sind zu klein und oft durch Werbung verdeckt. Das nächste Mal fliegen wir direkt ab Saarbrücken.«

»Genau, dann brauchen wir nicht den Umweg über Luxembourg zu machen. Der Flieger war wirklich sehr, sehr wackelig. Hattest du dort auch solche Flugangst?«

»Ja, du etwa nicht?«

Es war in der Tat eine sehr kleines Propellerflugzeug, in der man hintereinander saß. Eine Stewardess und zwei Piloten bildeten die ganze Crew. Gott sei Dank dauerte der Flug nur eine Stunde.

»Mh, und wir suchten auch noch dummerweise eine Stunde in Paris nach dem Schalter der Air France Maschine..«

»Ich konnte doch nicht wissen, dass man dafür in einen anderen Terminal muss, Tanya.«

»Ist ja schon gut. Das nächste mal ist wirklich Saarbrücken der bessere Flughafen für uns.«

»Dann stehen wir bestimmt nicht in endlosen Schlangen sowohl beim *Check In* als auch in 'zig anderen Kontrollen. Das hat mich total genervt, zumal wir relativ wenig Zeit zwischen Landung aus Luxembourg und Abflug in Paris hatten.«

Ich beiße mir auf die Lippen. Dann sage ich: » Wir hätten doch den TGW nehmen sollen. Der Zug fährt in eineinhalb Stunden ohne Zwischenstopp von Saarbrücken nach Paris. Am Bahnhof wären wir in ein Taxi gestiegen, das uns dann direkt zur richtigen Abflughalle gebracht hätte.«

»Klar, wenn das Wörtchen wenn nicht wäre. Jetzt haben wir Urlaub. Wir legen uns entspannt in den unbequemen Sitzen zurück und sehen uns einen kitschigen Film an.«

***

Tanya ist so alt wie ich. Seit dem Kindergarten pflegen wir eine tiefe und innige Freundschaft. Wir wohnten in *Bistelle*, einem kleinen eintausend-sechshundert Seelendorf am Rande von Saarlouis. Die Gärten der Elternhäuser stießen rückwärtig aneinander. Unsere Eltern, die ebenfalls befreundet waren, bauten eine kleine gemeinsame Gartenpforte in den Zaun. So konnten wir ohne großen Umweg über die Straße direkt in des anderen Garten beziehungsweise Küche spazieren.

Tanya hat noch zwei ältere Schwestern. Evelyn ist drei Jahre und Annette ist sechs Jahre älter.

Sie waren unsere Vorbilder. Für sie standen wir Schmiere, wenn sie Reißaus nahmen und unbemerkt durch Tanjas Fenster im Parterre verschwanden. Entlohnt wurden wir mit einer Tüte Kartoffelchips.

Gemeinsam verbrachten wir die ersten Jahre im Kindergarten, später die Grundschule und schließlich der Besuch des Gymnasiums *Am Hammerberg* in Saarlouis.

Wir waren damals einfach unzertrennlich.

Als Teenies genossen wir es, von den Eltern auf die Partys der Schulkameraden chauffiert zu werden, zumal die Busverbindung sehr eingeschränkt war.

Später als neunzehn Uhr fuhr kein einziger Bus mehr nach Saarlouis. Ohne fahrbaren Untersatz lebte man so abgeschieden, fast wie ein Einsiedler. Lokalitäten außer dem Jugendtreff gab es nicht. Und wer ging schon in eine heruntergekommene Spelunke, deren Musikanlage ständig aussetzte, die Sitzgelegenheiten hart und unansehnlich waren. Die Toiletten besuchte man besser nicht und die offen angebotenen Getränke schmeckten nach Spülwasser.

Nein danke.

Tanya profitierte in der Kleidungswahl von ihren älteren Schwestern. In einem Haushalt mit vier »Frauen« herrschte ein totaler Klamottentausch. Manches mal führten die drei Töchter der Bohns, samt ihrer lebenslustigen Mutter, richtige Modenschauen auf. Alle drei Töchter hatten das gleiche schwarze, schulterlange Haar und wasserblaue Augen. Das waren Nachmittage, an die man sich immer wieder gern erinnert.

Meine Freundin hat bis heute ihr jugendliches Aussehen behalten, obwohl seitdem vierzig Jahre vergangen sind. Die Mähne ist zwar hier und da etwas nachgetönt, die Augen werden von einer Brille mit farblich wechselnden Bügeln gerahmt und der damals dünne und flache Körper ist stellenweise fülliger geworden. Ganz ohne Botox. Dieser Veränderung habe ich mich als beste Freundin auch angeschlossen. Gemeinsam stehen wir inzwischen zu unserer L Kleidergröße und reiferen Haut.

Die Rundungen bilden wenigstens keine Falten.

Wir genossen unsere Jugend, erlebten zusammen die Höhen und Tiefen des Schulalltages genauso wie das erste Verliebtsein und das Nachtrauern einer Beziehung. Gegenseitig spendeten wir uns Trost.

Besonders mitgenommen hat Tanya die Trennung ihrer Eltern. Nach vierundzwanzig Ehejahren ließen sich Martin und Mila scheiden. Ohne Vorzeichen zog Tanyas Vater, mit wenigen Kleidungsstücken und anderen persönlichen Dingen, aus.

Wir, Tanya und ich standen an diesem Freitag im Juni 1979 nur regungslos da. Er packte seine sieben Sachen in den Firmenwagen und verschwand mit den Worten:

»Ihr werdet von mir hören, Mädels. Passt gut auf euch auf.«

Tanya fing an zu schreien.

Sie brach zusammen. Huckepack brachte ich sie in mein Zimmer. Dort legten wir uns aufs Bett. Ich begann sie mit zarten Worten zu trösten. Streichelte sie bis sie mich von sich weg schob. Sie übernachtete bei mir. Nach Hause wollte sie nicht. Evelyn und Annette waren an diesem Nachmittag mit ihren Freunden unterwegs. Mila war auch nicht zuhause, sondern mit meiner Mutter zum Stadtbummel nach Saarlouis.

War das Zufall oder eiskalt kalkuliert, dass nur Tanya, die Jüngste, den Auszug mit ansehen musste?

Am anderen Morgen erzählte uns Mila, dass es so gut sei. Seit längerer Zeit hatten sie sich auseinander gelebt und nur einen guten Zeitpunkt abgewartet. Also war doch alles geplant. Arme Tanya.

Ein halbes Jahr später verlief die Scheidung ohne Probleme. Da sie in Milas geerbtem Elternhaus lebten und eine Gütertrennung vereinbart hatten, profitierte sie allein davon. Der ganze Hausstand stammte noch von Milas Eltern. Als Alleinerbin konnte sie über das gesamte Vermögen verfügen. Martin bekam nichts. Auf Unterhaltszahlungen für Tanya und sich verzichtete Mila. Die beiden älteren Kinder waren bereits ausgezogen; vorübergehend.

Ab und an zog eine der beiden wieder bei Muttern ein, Grund war Beziehungsstress. Mila nahm ihre Töchter immer wieder gerne auf, schließlich war das Haus groß genug.

Martin tauchte unter.

Seine jüngste Tochter litt Jahre darunter. Mila selbst gefiel das Leben von diesem Zeitpunkt an, ebenso die Unabhängigkeit. Sie engagierte sich mehr denn je als freischaffende Übersetzerin für Französisch – Deutsch. Sofern es ihr möglich war, arbeitete sie zuhause. Nur hier und da musste sie bei öffentlichen Veranstaltungen eines Verlages, für den sie arbeitete, außer Haus tätig werden.

Zwei Jahre nach ihrer Scheidung stellte sie ihren Töchtern Gerd Klein vor, ein Kollege, den sie bei einer dieser Treffen kennengelernt hatte. Mit seiner heiteren Art und seiner Lebenseinstellung passte er wunderbar zu Mila. Die Bohn's Töchter akzeptierten ihn als Mann an Mutters Seite. Nicht als Stiefvater. Dagegen wehrten sie sich vehement.

Obwohl Gerd noch nie verheiratet war, wollten die beiden nicht heiraten. Sie zogen es vor, dass jeder in seiner Wohnung lebte. Lieber fuhren sie über dreißig Kilometer um sich fast täglich zu sehen. Zwei Wochen nach Tanyas Hochzeit im Juli 1981 kamen beide bei einer Gasexplosion in Gerds Villa am *Saarbrücker Staden* ums Leben. Der Mieter der Einliegerwohnung hatte sich, seine Frau, die zwei Kinder sowie Gerd und Mila beim Hantieren mit einer Gasflasche in die Luft gesprengt.

Die Lebensversicherung zahlte an Evelyn, Annette und Tanya zwar eine hohe Summe aus, aber der Verlust war damit nicht ausgeglichen. Tanya wollte ihre Flitterwochen genießen, stattdessen wurde es eine sehr traurige Zeit.

***

Meine Freundin hatte ihre Jugendliebe Torsten Thiel einen Tag nach dem bestandenen Abitur geheiratet. Donnerstags feierte die ganze Klasse in der Kneipe *Am Hammerberg* bis zum Morgengrauen.

Tags drauf, um halb elf, standen Tanya, Torsten, Mila, das Ehepaar Roswitha und Dr. med. Peter Thiel, einige Schulkameraden und ich als Trauzeuge vor dem Standesamt in Saarlouis. Die kirchliche Trauung fand eine Woche später in *Bistelle* statt. Das ganze Dorf füllte das Gotteshaus bis in die letzte Bankreihe. Schließlich heiratete Tanya, die jüngste Enkeltochter des beliebten, leider schon lange verstorbenen Bürgermeisters *Karl Liebig*.

Ich durfte Tanya bei dem Kauf ihres Hochzeitkleides begleiten. Zu viert trieben wir die Verkäuferin fast in den Wahnsinn. Evelyn und Annette ließen es sich nicht nehmen, in dieser außergewöhnlichen Modefrage außen vor zu bleiben.

Tanya erwarb ein schulterfreies, bodenlanges cremeweißes Chiffonkleid, dazu fand sie Stöckelschuhe, für die man fast einen Waffenschein brauchte.

Nach alter Tradition trägt eine Braut etwas Altes, etwas Geliehenes und etwas Neues.

Ein Strumpfband aus Oma Liebig' s Zeiten war das eine, von meiner Mutter lieh Tanya sich eine beige seidene Stola und Mila kaufte ihrer Tochter eine Perlenhalskette. Sie sah todschick neben dem Bräutigam in Frack und Zylinder aus. Es wurde eine richtige Märchenhochzeit an diesem sehr heißen zwölften Juli gefeiert.

In Kindertagen hatten wir oft mit *Barbie* und *Ken*, unseren Modepuppen so eine Zeremonie gespielt.

Nun war es für Tanya Wirklichkeit.

Beide waren die ersten, die aus unserem Jahrgang heirateten. Noch während der Trauung fragte ich mich damals, ob und wie lange diese Ehe hält? Der Pfarrer gab mir sogleich die passende Antwort: *bis dass der Tod euch scheidet.*

Sollte er Recht behalten?

Nach dem zarten *Ja-Wort* der beiden Brautleute gab es für meinen Gefühlsausdruck kein Halten mehr. Meine Tränen der Rührung wetteiferten mit denen von Mila, Annette und Evelyn.

Der ganze Heiratsakt dauerte eine Stunde.

Dann folgten wir, Evelyn und ich, den Jungvermählten und dem Pfarrer zur Beurkundung in die Sakristei. Mit den besten Glückwünschen des Geistlichen wurden sie nach draußen entlassen. Dort wartete die erste Überraschung auf die beiden. Einige der ehemaligen Schulkameraden hatten die erste Prüfung der Ehetauglichkeit vorbereitet.

Auf dem Vorplatz der Kirche, im Blickfeld aller Schaulustigen und Hochzeitsgäste mussten die beiden mit einer recht stumpfen, alten und riesigen Holzfällersäge einen dicken Baumstamm durchtrennen. Sie meisterten die erste Übung mit großer Anstrengung. Tanya blieb dabei mit ihrem rechten Stöckelabsatz im Saum ihres Kleides hängen. Ein kleiner Riss entstand.

Bedeutet dies Glück oder Unglück für die Ehe?

Die zweite Anforderung war weniger anstrengend. Auf einem uralten Waschbrett nebst Zinkwanne galt es, vollgeschissene Babystrampler zu reinigen. Frack, Zylinder, Schleier und Stola wurden abgegeben, um sich mächtig ins Zeug zu legen. Sollte dies auch eine Anspielung sein?

Da sie sich schon den etwas beengenden Kleidern entledigt hatten, war das Tandem fahren rund um die Kirche nur eine mäßige Übung. Tanya wickelte kurzerhand das wunderschöne lange Kleid zu einem Knoten zusammen, zog die Schuhe aus und fuhr freihändig, die Arme schwenkend, mit. Ein weiterer Applaus nebst Zurufe hallten durch die Gesellschaft. Wo hatte man dieses alte Zeugs nur aufgegabelt?

In dem offenen 1300 er BMW von Annettes damaligem Freund ging die Fahrt anschließend zur Gaststätte. Gefeiert wurde in dem einzigen Restaurant des kleinen Dörfchens. Das Anwesen lag auf einer leichten Anhöhe mit dem Blick über die wenigen Dächer der Einfamilienhäuser, die von dem sommergrün der umliegenden Wälder eingefasst waren.

Vorzugsweise hatten Torstens Eltern für die Festlichkeit ihres einzigen Kindes die gesamten Räumlichkeiten nebst großer Terrasse und Tanzboden gebucht. Die geschlossene Gesellschaft von vierundsechzig Gästen brauchte reichlich Platz.

Trotz knapper Freizeit, wegen laufender Abiturprüfungen waren Tanya, ihre Schwestern und ich einige Wochen zuvor im Stande, schöne Tischkärtchen anzufertigen. X-mal wurde die Sitzordnung umgeändert, bis alle zufrieden waren. Den Braut- und Tischschmuck fertigte die Mutter unserer Schulfreundin Heike an. Tanya wollte unbedingt ein klassisches Bouquet aus rosa Rosen mit viel Schleierkraut auf den Tischen haben.

Als Tanya den Brautstrauß auf traditionelle Weise rückwärts über die Schulter warf, war es meine Wenigkeit, die ihn auffing. War es Zufall oder Absicht? Nein, Tanya hatte voll auf mich gezielt.

Sollte dies ein Omen sein?

Nein, nein, daran mochte ich überhaupt nicht denken. Die Tafel bog sich fast von all den schönen Torten. Unser ortsansässiger Bäcker hatte sich mit der dreistöckigen von hellem und dunklem Marzipan überzogenen Torte fast selbst übertroffen. Er war für seine Kreationen bekannt. Für meine Verhältnisse zu kitschig thronte obenauf ein Brautpaar aus Kunststoff. Eine Bemerkung Tanya gegenüber ließ ich sein.

Der Nachmittag verflog im Nu. Man unterhielt sich lässig in großen Runden. Die Terrasse wurde nicht nur von den Rauchern stark frequentiert, sondern auch von den Longdrink Genießern.

Die üblichen Hochzeitsspiele wie Bräutigam füttern, die Reise nach Jerusalem, wie gut kennt sich das Brautpaar und viele mehr, fanden ihren Anklang bei Alt und Jung.

Torsten wollte Livemusik.

Er überredete unseren ehemaligen Musiklehrer mit seinem Orchester am Abend zu spielen.Es sollte für alle eine Überraschung sein.

Tanya und ich erfuhren dies jedoch zufällig bei der Abiturfeier einige Wochen zuvor. Zur verabredeten Zeit erschienen die vier Musiker. Unser Lehrer hatte Wort gehalten. Ich kam während der gesamten Schulzeit nur im Kunstunterricht mit ihm klar.

Das lag daran, dass ich mich für Kunstgeschichte und deren Maler interessierte. Vorzugsweise für *Salvador Dali*.

Er traute mir sogar zu, vier Werke der großen Surrealisten für eine Schulveranstaltung unter dem Motto *Spanien ole*, auf einfache , mit Betttüchern bespannte Holzrahmen zu malen. Überdimensioniert brachte ich die *Brennende Giraffe, Rose meditative, Paysage aux papillions* und *Les elephants* mit einfachen Abtönfarben auf die Größe von ein mal zwei Meter.

Ich handelte mir viel Lob für die Werke ein. Leider verschwanden sie nach dem Fest. Die Kunst eines Kulissen-Malers kam mir für die berufliche Laufbahn in den Sinn. Meine Eltern rieten mir jedoch mit Horrorgeschichten von dieser Laufbahn ab.

Carlos Pintos unterrichtete uns auch in Sport. Während dieser Stunden blieb ich gerne auf Distanz zu dem sonst umschwärmten Musikus und Athlet. Tanya und Torsten hingegen kamen mit ihm gut klar. Schließlich waren die beiden seit ihrer Beziehung ständig in *seinem* Lokal gegenüber dem Gymnasium, direkt an der Bushaltestelle, hängen geblieben. Ich wollte nicht das dritte Rad am Wagen sein.

Stattdessen kümmerte ich mich lieber um meine Prüfungen.

Dem Lehrer *Carlos Pintos* war es gestattet, zu seinem Lehramt noch eine weitere Tätigkeit als Musiker auszuführen. Die Kneipe, die eigentlich von seiner Lebensgefährtin geführt wurde, nutzten Carlos und sein Ensemble als Proberaum und Bühne zugleich. Seine spanischen Wurzeln und sein Temperament unterstützen seine musikalischen Darbietungen. All zu oft spielte die Band einen Tango in der Kneipe. Auf dem extra gezimmerten Tanzboden herrschte dann getanzte Leidenschaft.

Ein befreundetes Paar von Carlos und der Kneipenbesitzerin gab zu bestimmten Terminen Tango – Tanzkurse, sowohl für mutige Jugendliche als auch für Erwachsene.

Torsten und Tanya waren begeisterte Tango-Tanz-Schüler.

Die Hochzeitsgesellschaft versammelte sich rund um die Tanzfläche mitten in dem großen Saal.

Das Quartett, bestehend aus einem Geigenspieler, einem Gitarristen, einem Mann am Piano und Carlos mit seinem Bandoneon überließen mit *Preparense* dem Brautpaar den ersten Tanz.

Gekonnt meisterten die beiden mit viel Liebe und Leidenschaft ihr Debüt.

Dann folgte Gerd mit Mila.

***

Mir gefällt der Film *Ice Age 3* überhaupt nicht. Tanya beobachtet auch lieber die Leute anstatt auf den kleinen Bildschirm einen halben Meter vor uns zu schauen.

Dann steht sie unvermittelt auf.

»Ich vertrete mir etwas die Beine,« sagt sie und verschwindet nach hinten. Eine gute Idee finde ich, bleibe aber doch erst einmal sitzen.

Aus der Tasche des Vordersitzes ziehe ich einen Reiseführer über Argentinien. Die Texte sind in drei Sprachen verfasst. Spanisch, französisch und englisch. Letzteres kann ich lesen und mir vieles zusammen reimen. Zuhause hatte ich keine Gelegenheit mich überhaupt mit dem Land und Buenos Aires zu beschäftigen.

Kein Wunder, die ganze Reiseorganisation lag ausschließlich in Tanyas Hand. Sie ist diejenige von uns beiden, die mehr Zeit und bessere Nerven hat um Flug, Hotel und Ausflugspakete zu buchen. Ich frage mich, warum sie gerade jetzt um diese Jahreszeit nach Buenos Aires will.

Will sie hier mit mir wirklich nur einen schönen Urlaub verbringen?

Ich werde schon noch dahinter kommen.

Eine Flugzeit von neun Stunden verbleibt. Sobald Tanya zurück ist, werde ich sie auf eine ganz geschickte Art danach fragen. Wie, weiß ich jetzt noch nicht, aber die Gelegenheit wird sich schon bieten. Nach Ansage des Piloten werden wir morgen Vormittag um sieben Uhr vierzig auf dem Flughafen *Ezeiza Buenos Aires* landen.

Ich war trotz meiner vielen Fernreisen in den letzten Jahren noch nie in Südamerika. Meinen Mann und mich hat es stets nach Asien gezogen. Es gab nicht ein einziges Mal die Überlegung nach Westen zu fliegen.

So kam uns Tanyas Idee nach Buenos Aires in den Urlaub zu fliegen, sehr gelegen. Nur wir beide ohne meinen Mann und ohne andere Freunde.

Ich freue mich einerseits auf die Zweisamkeit mit meiner besten Freundin, andererseits werde ich den Mann, der seit zweiunddreißig Jahren an meiner Seite lebt, vermissen. Wir waren in all den Jahren nie länger als drei Tage voneinander getrennt.

Es ist besser, ich denke jetzt nicht weiter darüber nach, sondern erfahre lieber etwas über unser Urlaubsziel.

Die Leselampe über mir ist nicht besonders hell. Daher bemühe ich mich, mit zwinkernden Augen dem klein geschriebenen Text, bis das Dinner serviert wird, zu folgen.

Gleich auf der ersten Seite sind bunte kleine Häuser mit vielen Menschen unter strahlend blauem Himmel zu sehen. Die Unterschrift lautet: Das Künstlerviertel *La Boca* wird durch den *Lezama* Park vom Stadtteil *San Telmo* getrennt. Am meisten besucht ist die *El Caminito* Straße.

Ich erfahre, dass Argentinien nach Brasilien das zweitgrößte Land Südamerikas ist und Europa sehr ähnelt.

Der Grund liegt darin, dass siebenundneunzig Prozent aller Argentinier eine europäische Abstammung haben. Die Hauptstadt *Buenos Aires* hat circa dreißig Millionen Einwohner. Die Hälfte wohnt im Umkreis der argentinischen Metropole. Die meisten Touristen starten ihre

Reise vom internationalen Flughafen oder vom Hafen am *Rio de La Plata* aus.

Wir werden hoffentlich am Flughafen von der Reiseagentur abgeholt und in unser Hotel *Recoleta* chauffiert? frage ich mich in diesem Moment.

Meine Übersetzung klärt mich auf, dass das Land eine Republik ist und dass das Volk demokratisch in einer Direktwahl seinen Staatspräsidenten wählt. Bekanntester Präsident war *Juan Domingo Peron,* der Ehemann von *Evita Peron.* Sie war die beliebteste Persönlichkeit Argentiniens gewesen und bekam den Beinamen »Engel der Armen« verliehen. Auf dem Friedhof *Recoleta* hat sie ein Ehrenmal. Heißt so nicht auch unser Hotel? Nächtigen wir auf dem Friedhof?

Nein, das kann nicht sein. Bestimmt liegt es nur in der Nähe. Ich werde mich überraschen lassen. Ebenfalls in Buenos Aires begraben ist eine weitere berühmte Persönlichkeit: *Carlos Gardel*, der König des Tango.

Der Name sagt mir Nichts. Tango-Musik höre ich sehr gerne, obgleich ich den Tanz nicht wirklich beherrsche. Mein Mann kann überhaupt nicht tanzen und hat es nie gelernt. Meine Tanzstunden- Zeit liegt Jahrzehnte zurück. Man kann dennoch Gefallen daran finden. Tanya hingegen liebt dieses Tanzvergnügen. Hat sie mich etwa deswegen mitgenommen?

Argentinien ist das Land der Superlativen. Man findet alle Klimazonen, vom subtropischen Regenwald im Norden bis zum arktischen Klima in Patagonien. Hatte Hubert nicht vor etlichen Jahren einige Reiseberichte über diesen Landesteil auf seinem Schreibtisch liegen? Ich glaube mich dunkel daran erinnern zu können.

Bilder mit Sonne, Kälte, Eis und kräftig blauem Himmel und viel Gebirge laufen in meinem Kopf zusammen. Viel zu kalt für mich – ich mag lieber gemäßigte Temperaturen.

Der höchste Punkt Argentiniens, der knapp siebentausend Meter hohe *Aconcagua* ragt in der Provinz *Mendoza*, nahe der chilenischen Grenze in den Anden-Himmel. Dem Reiseführer entnehme ich, nachdem ich den Abschnitt dreimal lese bis ich ihn verstehe, dass viele Europäer nach Argentinien auswandern.

Warum ? Die Antwort: ein Gefühl der Sehnsucht. Wahrscheinlich sind sie schon einmal in Argentinien gewesen, haben sich schon vor Jahren für den südamerikanischen Kontinent und seine Geschichte interessiert und haben sogar die Sprache erlernt. Vielleicht war Argentinien das erste Land in Südamerika, welches man bereist hat.

Man hat während des Urlaubs viele nette Leute kennen gelernt, die Kontakte gepflegt und kann auf Freundschaften zurückgreifen.

So hat sich in den Jahren der eigene Bezug zum Land und den Leuten gefestigt. Das soll heißen, dass man bei der Ankunft von guten Freunden empfangen wird.

Ich könnte nicht auswandern. Mir fehlt es an Mut. Und warum sollte ich auch weg – mir geht es gut – zumindest die meiste Zeit. Ferner wird das *Warum* der Auswanderer mit der Entdeckung der Welt, der Menschen und Landschaften argumentiert.

Den Horizont erweitern, für kurze oder längere Zeit ausbrechen und der Frage nachgehen, wenn nicht jetzt, wann dann?

Meine Gedanken kreisen bei der Übersetzung dieses Abschnittes um Tanyas Vater. Er ist damals Knall auf Fall irgendwohin ausgewandert. Bis heute haben seine Töchter keinen Kontakt zu Martin. Ob er überhaupt noch lebt? Oder hat Tanya ihn doch ausfindig machen können und mir dieses verschwiegen? Noch ein Punkt, den ich bei ihr nachhaken muss.

Vor einhundert Jahren gab es in Europa eine Redewendung: *Reich wie ein Argentinier.*

Seinerzeit zählte das Land zu den zehn wohlhabendsten Staaten der Welt. Grund genug nach dem zweiten Weltkrieg mit der Hoffnung auf eine bessere Zukunft dort leben zu wollen.

Heute hat sich die wirtschaftliche Situation der argentinischen Bevölkerung geändert. Sie werden von Inflation, Wirtschaftskrisen und Staatsbankrott beherrscht.

Die Währung ist schon einige Male zusammengebrochen und die Regierung kränkelt immer noch an den Folgen der Wirtschaftskrise von 2002. Von all dem unberührt bleibt Argentiniens Nationalsport. Fußball.

Alle Argentinier sind verrückt nach Fußball.

Seit 1953 gibt es noch eine andere Sportart *Patio*. Dies ist eine Mischung aus Polo und Basketball. Hoch zu Ross muss der Spieler die Patio, einst eine echte Ente (spanisch patio), heute aus Leder, in des Gegners Korb spielen.

Dann übersetze ich einen Satz, der mir im ersten Moment gar nicht gefällt.

Argentinier sind Weltmeister im Fleisch essen.

Für vegetarische Touristen ist eine Reise aus diesem Grund nicht empfehlenswert.

Seit einigen Jahren habe ich den Konsum von Fleisch- und Wurstwaren auf ein Minimum reduziert. Es bekommt mir sehr gut. Und nun dieses. Fast 60 Kilogramm Fleisch im Jahr – 170 Gramm am Tag ist das fünffache, das ein Deutscher isst.

Rühmen kann sich das Land auch damit, dass es das größte Schokoladen-Osterei der Welt angefertigt hatte. In *Carlos de Bariloche* labten sich einst die Bewohner an der 7,5 Tonnen schweren und 8,5 Meter hohen Süßigkeit.

Ich überfliege die nächsten Zeilen und registriere, dass die Hauptstadt gerne von einem kalten Südwestwind aus Patagonien namens *Pampero* heimgesucht wird. Dabei kann es viel regnen und die Temperatur schlagartig um 20 Grad Celsius fallen.

Argentinien ist eines der ersten Länder, in dem Rundfunksendungen ausgestrahlt wurden. Das war im August 1920, zwei Monate bevor Deutschland sendete.

Ein Jahr zuvor gab es in diesem Land den ersten Zeichentrickfilm zu sehen. Ein gewisser *Quirini Cristiani* soll der wahre Erfinder sein, nicht etwa *Walt Disney*.

In Argentinien ist es Tradition am neunundzwanzigsten des Monats *Gnocchi* zu essen.

Italienische Einwanderer hatten kurz vor der Gehaltszahlung kaum noch Geld vom Monatslohn übrig, so konnten sie sich nur noch die preiswerten Kartoffelspeisen leisten. Noch heute bieten argentinische Restaurants an diesem Tag verschiedene Variationen Gnocchi an. Manche Gäste legen zudem unter ihren Teller etwas Geld, den *noquis*, da sie glauben, Glück und Erfolg im kommenden Monat zu haben.

***

Er gilt als der sinnlichste Tanz der Welt.

Tango – eine Romanze im Vierachteltakt.

Es ist ein gegenseitiges Begehren, welches keineswegs billig oder obszön scheint. Die Tänzer, ob gemischtes Paar oder gleichen Geschlechts wechseln zunächst nur einen kurzen Blick.

Generell nickt beim gemischten Paar der Mann zur Eröffnung des Tanzes fast unmerklich mit dem Kopf. Die Frau, in einem atemberaubenden Kleid mit gewagtem Seitenschlitz, erhebt sich als Auserwählte von ihrem Sitzplatz.

Eins – zwei – Wiege-Schritt – rück – seit – schließen, und schon bewegen sie sich mit schleifenden Schritten übers Parkett.

Jede Nacht wird in den Tanzclubs von Buenos Aires diese Szene durchlebt. Geschmeidig wie Raubkatzen bewegen sich die Paare eng umschlungen, wenden zackig die Richtung und kicken präzise die Beine. Ihre Oberkörper haften wie Magnete aneinander.

Der Mann alleine bestimmt, durch Markierungen mit dem Oberkörper, welche der vielen möglichen Figuren als nächste drankommt. Die Partnerin folgt einfach. Besteht zwischen den beiden Tänzern eine gute Harmonie, erleben die Augen des Publikums eine ausgeklügelte theatralische Romanze. Am Ende des Liedes winden sich die Tanzpartner aus ihrer engen Umschlingung und kehren als perfekte Fremde an ihren Tisch zurück.

Tango wurde kurz nach seiner Erfindung
als vertikaler Ausdruck einer horizontalen Leidenschaft betitelt.

Der argentinische Dichter *Juan Luis Borges* beschreibt den Tango als Kampf eines Festes.

Die Musik ist der argentinische Blues, der alle Sehnsucht dieser Welt in ein dreiminütiges Lied packt. Tango gehört heute einfach zu Argentinien.

Entstanden ist diese Mischung aus Musik und Tanz in verschiedenen Volksgruppen. Aus den Candomes, den afroargentinischen Tanzgesellschaften, kam der Rhythmus. Seine Melodien erinnern ohne Zweifel an kubanische Habaneras, italienische Tarantellas und polnische Polkas. Dazu paarten sich die Payada-Lieder der argentinischen Gauchos.

Das ausschlaggebende Musikinstrument ist neben der Geige, Gitarre und Piano, das aus Deutschland stammende Bandoneon. Erfunden wurde die Art Ziehharmonika, jedoch mit beidseitigen Knöpfen, 1846 von dem Krefelder Instrumentenbauer *Heinrich Band*. Er ist zugleich auch der Namensgeber.

Der argentinische Tango spiegelt die Traurigkeit der Slums in Buenos Aires wieder. Er begann in den siebziger Jahren des 19. Jahrhundert in den Hafenbordellen der Landeshauptstadt.

Die Geschichte hierüber verrät uns, dass bis in die goldenen Zwanziger des 20. Jahrhunderts die männliche Einwohnerzahl die weibliche um mehrere zehntausend übertraf. Als damals unverheiratete Einwanderer aus Europa vor den Zimmern der Freudenmädchen Schlange standen, vertrieben sich die Männer die Zeit mit Musizieren.

Jeder hatte aus seiner Heimat einiges beizutragen. Oft übten die Männer miteinander ausgefallene Tanzschritte. Gelegentlich kam es dabei auch zu Handgreiflichkeiten, die fast einem Zweikampf glichen. Der ein oder andere griff auch mal zum Messer in der Hosentasche.

Einer hingebungsvollen Romanze glich diese Einlage nicht. Die Lieder handelten meistens von Liebesbetrug und Sehnsucht nach der alten Heimat. Die Männer selbst stellten sich als Opfer berechnender Frauen dar.
Argentinische Reiseleute brachten 1913 den Tango nach Paris. In dieser Metropole brach dann eine richtige Tanzwelle des Tangos aus. Deutschlands Offizieren wurde es vom Kaiser persönlich verboten, sich diesem lasziv-feurigem Tanz in Uniform hinzu- geben.

Der bekannte Tango-Tänzer *Carlos Gardel* ließ mehr als zwanzig Jahre, bis zu seinem jähen Tod bei einem Flugzeugabsturz 1935, die Herzen vieler Frauen höher schlagen.
Die Selbstmordrate von Frauen stieg nach seinem Ableben erheblich.

Ab 1950 hielt der Tango Einzug in Jazzclubs und Opernhäuser. Der Politiker *Juan Peron* baute während seiner Amtszeit die nationale Identität mit Hilfe des Tangos auf. Die ihm folgenden Militärdiktaturen und die Rock' n Roll-Revolution setzten diesem Tanz ein jähes Ende. Erst nach der Rückkehr der Demokratie und dem einhergehendem Touristenandrang wurde er wieder modern.

Heutzutage lernen viele junge Leute in den *Milongas* von Buenos Aires die Schritte ihrer Urgroßväter. So manch älterer *Tanguero* freut sich, wenn er eine junge tanzwütige Touristin unter seine Fittiche nehmen kann.

In der Stadt, die gleichgeschlechtlichen Beziehungen dieselben Rechte zugesteht wie heterosexuellen, schießen Tanzsäle mit einer Regenbogenfahne, als äußeres Erscheinungsmerkmal, wie Pilze aus dem Boden.

Der Tango kehrt zu seinen ursprünglichen Wurzeln zurück. Zwei Männer tanzen gemeinsam. Genau wie zwei Frauen. Der Führungsanspruch muss ausdiskutiert werden. Aber nicht mit dem Messer, wie in grauer Vorzeit.

Der argentinische Tango ist sowohl ein Gesellschaftstanz als auch ein Musikgenre.

Er besteht aus verschiedenen Stilen und entwickelte sich je nach Region ganz unterschiedlich.

Die Gesellschaft, in der er getanzt wird, und die Mode beeinflussen den Tango.

Der typische argentinische Tango wird Arm in Arm getanzt. Die Umarmung kann variieren von sehr offen, einer Form in der der Führende mit dem Geführten nur auf Armlänge verbunden ist, bis zur geschlossenen Haltung, wobei eine Verbindung von Brust zu Brust besteht.

Dazwischen gibt es viele Möglichkeiten.

Eine geschlossene Umarmung wird mit dem traditionellen Tangostil verbunden, während die offene Tanzhaltung viel Raum und Möglichkeiten für Figuren und Ausschmückungen bereithält.

Das wesentliche des argentinischen Tangos ist das Laufen mit dem Partner zur Musik.

Dabei sind die eigene musikalische Einstellung, das Gefühl für Rhythmus und Geschwindigkeit grundlegende Elemente.

Gute Tango-Tänzer machen den Zuschauern die Musik sichtbar. Der Tango lebt von der Improvisationskunst seiner Tänzer. Aber es gibt auch bestimmte Schrittfolgen und Bewegungen die traditionell sind. So belassen die Tänzer ihre Füße eng am Boden, wenn sie sich bewegen.

Die Knöchel und Knie sind eins, wenn ein Bein das andere kreuzt. Dennoch existiert kein bestimmter Grundschritt. Konstanten sind, dass der Geführte die Fußstellung wechselt und das Gewicht nur selten auf beiden Beinen gleichzeitig belässt.

Getanzt wird im Uhrzeigersinn um den Tanzboden, oftmals in ganzen Reihen.

Ein Durchkreuzen der Tanzmitte ist verpönt.

Nur Könnern ist das Navigieren durch die Mitte gestattet, um einer Showeinlage mit viel Platz zu bieten.

Die Regel lautet:

> *wenn man Platz vor sich findet,*
> *warten schon die nächsten hinter einem,*
> *also weiter nach vorne tanzen,*
> *aber mit Rück- und Weitsicht.*

***

Buenos Aires liegt am *Rio de la Plata* und war im 17. und 18. Jahrhundert ein Schmugglerparadies. Ein Hauch von

Verruchtheit haftet *La Boca* an, einem am *Rio Riachuelo* gelegenes Hafenviertel.

Hier lebten einst die Einwanderer aus Europa zu Massen in notdürftig aus Wellblech und Schiffsplanken errichteten Mietskasernen, den *conventillos*.

Dort lebten mehr Menschen in einem Zimmer zusammengepfercht. Ein wenig Freiraum stand ihnen in den Häfen zur Verfügung.

Die Fußgängerzone *Caminito* ist der touristische Ort in ganz Argentinien. Tango-Tänzer geben vor den bunten Fassaden ihr Bestes. Dort soll der Tango entstanden sein.

Ein ebenfalls für den Tango berühmtes Stadtviertel ist *San Telmo* mit der pittoresken *Plaza Dorrego*. Sonntags ist hier Flohmarkt. Unter der Woche herrscht Dorfatmosphäre mit Menschen die tratschen und Domino spielen.

Supermarkt ist hier ein Fremdwort. Obst und Gemüse werden ausschließlich in kleinen Läden über viele Straßenzüge verteilt, angeboten. Unzählige Bars und Cafes in altem Gewand aus Mahagoni säumen zusammen mit Antiquitätenhändlern den Platz.

Sinnliche und sehnsüchtige Tangomusik dieser Bars laden ältere Damen in Netzstrümpfen und Herren mit Al-Capone-Hüten zum Tanzen ein. Aber auch junge Tangotouristinnen aus Europa und Amerika kommen hier auf ihre Kosten. Sie wiegen sich mit grauhaarigen Herren in den vielen Milongas gekonnt im Rhythmus. Nirgendwo anders können sie den sinnlichen Tanz besser erlernen.

Die Männer üben die Schrittfolge schon von Kindesbeinen an. Nur die eigenen Töchter können sich oft nicht für die Lieder ihrer Großeltern begeistern.

Buenos Aires wurde auf dem Reißbrett im Gitterschema einer neuen Welt geplant. Die Stadt hat sechsundzwanzig Bezirke, weist zwar im Zentrum moderne Wolkenkratzer auf, hat aber dennoch viele Gebäude aus der Belle – Epoque des späten 19. Jahrhunderts.

Aus diesem Grund wird die Metropole auch als *Paris Lateinamerikas* beschrieben. Kilometerweit reihen sich die Häuser jener Zeit aneinander. Elegante Mosaikfassaden, anmutige Balkone und viele Denkmäler fallen den Besuchern direkt auf. Eine mehr als hundertjährige Patina haftet an den Bauwerken.

Es ist eine Stadt, die nie müde wird. Vierundzwanzig Stunden am Tag sind die Einwohner voller Energie und in Bewegung. Restaurants sperren nicht vor neun Uhr abends für die Dinnergäste auf. In den Nachtclubs kommt erst ab zwei Uhr früh eine ausgelassene Stimmung auf.

Die Bewohner dieser Stadt leiden ohne Ausnahme an Schlafstörungen. Bis in den frühen Morgen wird getanzt, gegessen und diskutiert. Egal ob Mann oder Frau. Buenos Aires ist eine Stadt der Superlative.

Sowohl der internationale Jetset als auch die Polizei fliegt mit eigenen Hubschraubern. Allen Frauen Argentiniens ist eine eigene Brücke gewidmet. Die *Puente de la Mujer* am »blauen« *Rio de la Plata* ist mit ihrem asymmetrischem Design als sich dem Schiffsverkehr öffnende Fußgängerbrücke 2001 von *Santiago Calatrava* kreiert worden.

Die Prachtstraße *Avenieda 9 de Julio* zählt mit 140 Metern und 18 Fahrspuren zu der größten der Welt. Gleichzeitig dient sie als Partymeile, wenn die argentinische Fußballmannschaft ein Spiel gewinnt. In dieser Stadt lässt es sich stilvoll in edelsten Luxushotels ausspannen. Dort kann man sein ganzes Vermögen in dem Ende des 19. Jahrhundert gebauten und heute restaurierten Einkaufszentrum *Galerias Pacifico* auf der *Calle Florida* ausgeben.

Da Argentinien das Land der Kaffeetrinker ist, gibt es in der ganzen Stadt verteilt, unzählige kleine Cafes, die einen geradezu auf einen Espresso einladen.

Einem argentinischen Steak kann man genauso wenig ausweichen wie den anderen genüsslichen Spezialitäten.

Die Argentinier sind Leseratten. Dutzende Verlage bringen jährlich tausende Neuerscheinungen auf den Markt.

Die größte Buchhandlung Südamerikas befindet sich in einem ehemaligen Theater. Im Keller des Anwesens können Kunden sich Aufnahmen von bester Tangomusik anhören, bevor sie sich zu einem Kauf entscheiden.

In ganz Buenos Aires findet man grüne Oasen mit unzähligen alten Bäumen, die bis in den November Blüten tragen. Oft sind sie für die Bewohner ohne eigene Rückzugmöglichkeit, der Garten, in dem man sich ausruht, gemütlich zusammen sitzt oder Fußball spielt.

Im Nobelbezirk liegt der Friedhof *Recoleta*. Es ist die teuerste Meile der Stadt. Wer es geschafft hat, hier ein Grab zu ergattern, kann von sich behaupten, in der argentinischen Gesellschaft einen Namen zu haben.

***

Ganz in Gedanken versunken, sitze ich in den Sessel gekauert. Szenen wie aus einem guten Kinofilm laufen in meine. Kopf ab

Das wenige Licht macht den Raum zeitlos und schön. Alle Gegenstände werden in ein gnädiges Halbdunkel gehüllt.

Der alte Ofen bollert.

Es ist auf eine besondere Weise – fast altmodisch warm und heimelig. In dem großen mit vielen Spiegeln versetzte Saal tanzen schon die ersten Paare. Tief in Gedanken versunken.

Sueno el Sur, inmensa luna, ciel al reves.

Ich träume vom Süden mit einem riesigen Mond und hellblauem Himmel.

Während der Swing beide Arme nach jedem Zuschauer, der am Rande der Tanzfläche steht, ausstreckt, macht der Tango aus allen Nichttänzern bedauernswerte Zaungäste.

Sie können nur still sitzen und sich von der Bandoneon-Musik berühren lassen, aber sie werden niemals dazugehören.

Tango ist nicht in erster Linie getanzte Lebensfreude, wie der Hüften wackelnde Salsa oder eines Walzers.

Tango ist Ernst, Würde, Melancholie, auch ein Spiel bis zur Leidenschaft. Die Tanzpaare sind nicht ganz bei Sinnen, scheinen nur die Berührung, die Bewegung des anderen zu spüren, tanzen wie in einer Blase – die Zeit, die Umgebung bleiben draußen.

Tango ist wie ein Schreiten durch Zeit und Melodie.

Der Tango scheint Sätze herauszufordern, die wie Definitionen klingen. Kein anderer Tanz kann das.

Tango ist nicht immer gleich Tango.

Es gibt unzählige Stilrichtungen und Figuren. Was heute in Emmelie's Tanzbar getanzt wird, hat wenig mit den ruckartigen Bewegungen des Tangos der vergangenen Jahrzehnten zu tun.

Der typische Tango Argentino ist wandelbar, abwechslungsreich, geschmeidig und komplex in seinen Formen.

***

Der Saal gibt Erinnerungen an den Film »Le Bal« aus den 80er Jahren preis. Ein Tanz durch die Geschichte, wo könnte man dies besser tun als hier, in diesem wunderschönen alten Gebäude in der Saarbrücker Mainzerstraße 372, etwas versteckt im Hinterhof einer Häuserfront.

Auf den ersten Blick übersieht man den schmalen und dunklen Durchgang inmitten dürftig renovierter Häuser. Alter Putz an den Wänden und ein weiß-grün gekachelter Boden, dessen Belag tiefe Risse, etliche abgeschlagene Ecken und fehlende Verfugungen aufweist.

Die Beleuchtung an der hohen runden Tunneldecke ist mehr als spärlich. Wahrscheinlich stammt sie noch aus dem Entstehungsjahr der Häuserzeile. Nur ein kleines Blechschild über dem bogenförmigen Eingang verrät, was sich hier verbirgt.

Sammler antiker Werbeschilder hätten ihre Freude daran, wenn man sich die Mühe machen würde, in eine Leiter und gutes Werkzeug zu investieren.

Ist man erst einmal in dem Innenhof, der von allen vier Seiten von fünfgeschossigen Häusern, ebenfalls alter Bausubstanz, umgeben ist, fühlt man sich schlagartig in eine andere Zeit ersetzt. Der Lärm der Stadt wird durch die hohen Mauern geschluckt. Für Autos ist die Durchfahrt in den Innenhof verboten. Auf dem alten großformatigen Kopfsteinpflaster hat man liebevoll große Kübelpflanzen wie Oleander, Agaven, Palmen und Lorbeerbüsche zusammen mit antiken Gartenbänken arrangiert.

Vor dem Haupteingang von Emmelie's Tanzlokal stehen solide klappbare Bahnhofsstühle und Tische in türkisblau. Auch diese haben ihre besten Jahre schon lange hinter sich, wirken dennoch einladend mit den altertümlichen Tischdecken und ihren Blumenmotiven. Bei schönem Wetter werden hier draußen Kaffee und andere Leckereien aus der hauseigenen Küche serviert.

Die ganze Hofanlage wird zur fortgeschrittener Stunde mit Lampions beleuchtet, zwar elektrisch, aber wunderschön romantisch. Ein runder hölzerner Tanzboden, nicht allzu groß, liegt im Zentrum, ebenso das Podium der Musiker.

Ursprünglich beherbergten die anliegenden Häuser typische Stadtwohnungen bis sie in den letzten Kriegsjahren den Fliegerbomben zum Opfer fielen. Erst in den 1960er Jahren wurden sie instand gesetzt. Heute dienen sie fast nur noch als Büros und Ateliers. Eine weitere Sanierung würde der ganzen Häuserreihe erheblichen Aufwind bringen, aber auch eine hübsche Stange Geld kosten.

Die Lage des Tanzlokals ist ideal. Niemand stört sich an der allabendlich lauten Musik. Egal ob im Sommer im Freien oder in einem der drei Ballsäle.

Das Fortbestehen der Institution *Emmelie's Tanzlokal* verdanken alle den beiden Enkeln der ehemaligen Gründerin Emmelie Schlosser geborene Lindner. Sie eröffnete am 13. September 1913 gemeinsam mit ihrem Mann das Lokal. Wolfgang und Harald Schlosser führen es seit 1993 gemeinsam mit ihren Ehefrauen Evelyn und Annette Bohn.

***

Ich bin neugierig auf dieses Land. Es fällt mir zwar schwer für manche Passagen des Textes die richtige Übersetzung auf Anhieb zu finden, kann aber vieles im Zusammenhang erahnen. Ganz in meine Literatur vertieft, nehme ich gar nicht wahr, dass das Abendessen serviert wird. Rasch klappe ich den Reiseführer zu und verstaue ihn in der Ablage des Vordersitzes.

Wo nur Tanya bleibt?

Sie ist immer noch nicht von ihrem Ausflug durch das Flugzeug zurück. Es wird ihr doch nicht übel sein, ob sie noch auf der Toilette weilt?

Das servierte Essen hindert mich daran aufzustehen und sie zu suchen. Die Stewardess folgt meiner Order. Sie bringt zusätzlich zu dem Menü für jeden von uns ein kleines Fläschchen Rotwein. Ich beginne das Tablett aus zu packen. Zwar möchte ich Tanya gegenüber nicht unhöflich sein, aber ich esse lieber warme Speisen als kalte.

Weiß Gott, wann die Freundin kommt.

Gerade als ich den ersten Bissen des Hühnerfrikassees genieße, lässt Tanya sich sacht in den Sitz neben mir gleiten.

»Wo warst du solange? Ich habe mir langsam Sorgen um dich gemacht. Ist dir nicht gut?«

»Nein, nein, es ist alles in Ordnung. In bester Ordnung sogar. Jetzt habe ich Hunger und einen Riesendurst? Was hast du mir zu essen bestellt?«

»Das gleiche wie ich hier habe. Hühnerfrikassee mit Reis, dazu, unpassender Weise, Rotwein.

Der Weißwein hat mich nicht angemacht. Französischer *vin rouge* kann man immer trinken.«

»Da hast du Recht. Prost auf Argentinien und unser Abenteuer«, sagt Tanya und hält mir ihr Glas zum Anstoßen hin.

»A sante«, antworte ich ihr. Die Plastikgläser klirren nicht besonders schön, aber wir fühlen uns glücklich.

Wir reden kein Wort. Schweigend gabelt jede von uns das schwach gewürzte Mahl auf.

Zu gerne wüsste ich, was Tanya fast eine Stunde im Heck des Fliegers gemacht hat. Ich kenne Tanya gut genug. Wenn ich noch einmal nachfrage, flippt sie aus. Besser ich warte noch eine Weile ab. Irgendwann werde ich in einer passenden Minute wieder nachfragen. Erst beim Nachtisch, einem französischen Eclair im Miniformat, breche ich das Schweigen und erzähle ihr von dem Reiseführer, den ich soeben gelesen habe.

Tanya hört mir aufmerksam zu. Gibt jedoch keinen Kommentar ab. Was ist nur los mit ihr?

Ist der Rotwein an der Wortlosigkeit schuld?

Sie ist eigentlich, was Alkohol anbetrifft, einiges gewohnt.

Mir platzt der Kragen. Ich gehe in die Offensive und erkundige mich nach dem von ihr gebuchten Hotel namens *Recoleta*.

»Warte, ich suche, sobald das Geschirr abgeräumt ist, die

Buchungsbestätigung. Du hast mich ganz verunsichert. Wenn ich ehrlich bin, habe ich mich nicht weiter darum gekümmert und mich voll und ganz auf Gordon verlassen,« nuschelt sie.

Ich verstehe den letzten Satz nicht ganz.
Ignoriere dies und bin froh, dass sie mir wenigstens antwortet.

»Machen wir morgen gleich am Vormittag die Stadtrundfahrt? Ich möchte ganz viele Fotos von La Boca und den Tangobars machen,« frage ich und schwärme ihr weitere Einzelheiten aus Buenos Aires vor.

»So viel ich in Erinnerung habe, ist die City-Tour für morgen Mittag anberaumt. Sie wird privat geführt. Nach dem Hotel schaue ich sofort,« entgegnet Tanya und zieht ihren kleinen Rucksack unter dem Vordersitz hervor. Sie öffnet ihn und kramt zuerst ihre Lesebrille hervor. Mit dem roten, großen Nasenfahrrad sieht sie interessant aus. Dies habe ich ihr schon oft gesagt. Meistens winkt sie lässig mit den Worten ab: »Es geht eben nicht ohne, die Arme sind zu kurz und die Buchstaben zu klein.«

»Na sag' deinen Kommentar schon zu meiner Brille«, lästert sie, dieses mal aber mit einem verschmitzten Lächeln und einer mir unbekannten Handbewegung. Ladylike steckt sie eine seitliche Haarsträhne hinter das rechte Ohr.

Ich lächele nur und schüttele leicht den Kopf. Endlich, das Eis scheint zu brechen. Tanya kehrt zu ihrer gewohnten Schlagfertigkeit zurück.

Was hat sie nur alles in dem Gepäckstück?

Mit Schwung kippt sie mir den gesamten Inhalt in den Schoss. Leider kann ich nicht alles festhalten. Die kleinen Gegenstände, wie Lippenstift, Dauerschreiber, Kaugummis, Haarspange und kleines spanisches Wörterbuch purzeln zu Boden. Nur der Reisepass, ein DIN A4 Briefumschlag und Tanyas oranges Fotoalbum, welches ich ihr zum vierzigsten Geburtstag geschenkt habe, bleiben auf meinen Knien.

»Sorry, aber so viele Hände habe ich gar nicht um das alles festhalten zu können«, donnere ich los.
»Ist ja nicht so schlimm, ich sammele alles wieder auf«, entgegnet sie, während sie schon die Arme nach unten streckt.
Warum hat Tanya das Album dabei, grübele ich währenddessen. Ich habe nur zwei Fotos meiner Familie nebst Führerschein und Pass in meiner kleinen Brieftasche.
Die Kleinigkeiten stopft sie achtlos wieder in den Beutel, ebenso den Pass. Das Fotoalbum überlässt sie mir. Stattdessen zieht sie aus dem Umschlag den Hotel – Gutschein.

»Das Hotel heißt tatsächlich *Recoleta* wie der Friedhof. Hier schau, und es liegt auch direkt daneben. Sieht gut aus. Meinst du nicht?« fragt sie. »Ist ja gut«, wehre ich ab und schlage das orange Büchlein auf. Tanya lässt mich gewähren.
Sie faltet das Papier sorgfältig zusammen, packt es wieder in das Kuvert und zurück in den Rucksack. Dann widmet auch sie sich den Fotografien.
Es ist ein willkommener Zeitvertreib.

Bislang wusste ich gar nicht, dass ich ihr mit diesem kleinen Büchlein einen ständigen Lebensbegleiter geschenkt habe. Inzwischen ist der Einband schon sehr abgegriffen.

»Warum schleppst du das Ding mit?« wage ich ganz vorsichtig zu fragen nachdem ich die ersten beiden Seiten begutachte.

»Da ist mein ganzes Leben in Bildern drin. Du hast doch auch so ein Fotoalbum?«

»Ja, das schon, aber ich schleppe dieses nicht mit an das andere Ende der Welt.«

»Ich schon, vielleicht brauche ich die Erinnerungen noch.« säuselt sie.

Ich ziehe nur die Augenbrauen hoch und frage vorsichtshalber nach: »Darf ich dein Leben Revue passieren lassen?«

»Klar, du bist ja auch ein Teil meines Lebens.«

Das ehrt mich und ich fühle mich mal wieder sehr zu ihr hingezogen.

Es folgen in chronologischer Reihenfolge Bilder von Tanyas Kindergartenzeit, Einschulung, Kommunion und diversen Geburtstagen.

Auf manchen Aufnahmen bin auch ich zu sehen. Tanya hat Recht, ich gehöre zu ihrem Leben.

Die Fotos sind nicht besonders groß, dennoch kann man sowohl den Anlass als auch die Personen gut darauf erkennen. Der achtzehnte Geburtstag mit der überdimensionierten Torte und den achtzehn Wunderkerzen, Tanya mit Cockerspaniel Coco, Tanya mit mir und Freund Torsten in Milas Rosengarten, Mila, Annette, Evelyn, Tanya, Torsten und Gerd an Weihnachten.

Dann tauchen Erinnerungsbilder an die Abschlussfahrt nach Köln auf, ein Foto von der Abiturabschlussfeier und das obligatorische Hochzeitsfoto von Tanya und Torsten vor der Kirche in *Bistelle*.

»Ach schau mal, wie jung wir damals waren.

Wir haben uns seitdem doch stark verändert. Findest du nicht?« frage ich und betrachte das Foto des Kölner Doms, anlässlich des Klassenabschlusses im Juni 1981, genauer.

»Tanya, oh schau mal, du warst die Lady in black, sogar die Fingernägel hattest du schwarz lackiert. Torsten ist da gar nicht drauf. Hat er das Bild geschossen, oder wer?«

»Nein, Torsten lag doch mit dem fast durchgebrochenen Blinddarm im Krankenhaus.

Er konnte nicht mitfahren. Das Bild muss Carlos gemacht haben. Es ist ein Polaroid und kein Abzug vom Negativ wie die anderen.«

»Ja, du meinst doch nicht etwa den Lehrer und Musiker Carlos Pintos? Der, der auch die musikalische Unterhaltung an eurer Hochzeit bot?« »Genau der, ich weiß, du konntest ihn nicht so besonders leiden. Warum eigentlich?«

Ich ziehe die Mundwinkel nach innen, beiße mir auf die Unterlippe und überlege wie ich Tanya meine Abneigung gegen diesen Mann schonend beibringen kann.

Die Stewardess rettet mich vor einer vorschnellen Antwort. Sie bietet uns ein kleines Erfrischungsgetränk an.

Dankend greifen wir zu Mineralwasser mit Zitronenscheibe und Eiswürfel. Dann schlage ich schnell die Buchseite um; entkomme so einer Antwort.

Ich setze, ohne ein schlechtes Gewissen zu haben, zu

meiner brennenden Frage an. Ich bin auf ihre Antwort gespannt.

»Hast du in letzter Zeit mal etwas von Torsten gehört?«

Nun ist sie diejenige, die eine Antwort hinauszögert. Ich lasse jedoch nicht locker. »Hat wenigstens Tonya noch Kontakt zu ihrem Vater?«

»Die Verbindung ist total abgebrochen. Es herrschst absolute Funkstille zwischen uns. Wir waren damals einfach zu jung, um auf immer und ewig verbunden zu bleiben. Wäre ich mit Tonya nicht schwanger gewesen, hätten wir wohl nie geheiratet. Aber so war es damals. Zu jung, unerfahren aber auch unheimlich verliebt. Schau hier ist Klein-Tonya am Tag ihrer Geburt am 5. März 1982.«

»Wie winzig sie war – guck', da halte ich als stolze Patentante mein Patenkind zum ersten Mal im Arm. Meine Haare, ach Gott, wie Tina Turner, findest du nicht auch?«

Ich warte keine Antwort ab und überschlage flott die nächsten Seiten mit Tonyas Kinderbildern.

Tanya – Torsten – Tonya waren ein eingespieltes Team und boten damals das Bild einer glücklichen kleinen Familie. Dank den Erbschaften von Mila und Gerd hatte sie erst einmal genügend Startkapital und ein schönes Dach über dem Kopf.

Torsten hatte sich noch im Herbst 1981 bei der Bundeswehr für 10 Jahre verpflichtet, dort im Laufe der Zeit studiert und als Stabsarzt Karriere gemacht.

Tanya zog es vor, zuhause beim Baby zu bleiben und begann ein Fernstudium für Architektur. Brach dieses jedoch nach vier Semestern unverrichteter Dinge ab. Als Frau des

Stabsarztes Torsten Thiel brauchte sie sich um finanzielle Angelegenheiten keine großen Sorgen zu machen. Die Ehe ging nach zehn Jahren von heute auf morgen auseinander.

Herr Dr .med. Torsten Thiel reichte die Scheidung ein. Über Tanya brach die Welt zusammen.

Nur weil sie nicht wieder schwanger wurde, verlässt man doch nicht einfach seine Frau und seine kleine Tochter.

Meine Zweifel an der Hochzeit der beiden haben sich somit bestätigt.

Ich habe dies Tanya bis heute nicht gesagt.

Aus Feigheit, genau wie sie mir bis heute noch zu erzählen hat, wie es wirklich zu dem Bruch mit Torsten kam. Ihre offizielle Geschichte nehme ich ihr nicht ab, auch heute noch nicht, vierundzwanzig Jahre später.

Torsten zahlte nie Alimente.

Tanya bestand nicht darauf.

Dies machte mich schon stutzig. Beim Hinterfragen umgeht sie heute noch die Antwort. Ein halbes Jahr später nahm sie eine Bürotätigkeit im Versicherungsbüro der Allianzagentur *Schommer* an, um sich und Tanya weiterhin gut zu versorgen.

Ihrer kleinen Tochter fehlte es an nichts. Den Vater sah sie zwei bis dreimal im Jahr.

Das Liebesleben meiner besten Freundin war von Einsamkeit gezeichnet. Sie hockte nächtelang bei Hubert und mir um nicht alleine zu sein.

An dem zehnten Geburtstag unsere Sohnes 1996 stellte sie uns ihren Chef, Herrn Herbert Schommer, als neuen Lebenspartner an ihrer Seite vor.

Ich schauspielerte sehr überrascht zu sein, hatte aber schon lange den Verdacht, dass sich die beiden näher gekommen waren. Tanya schwärmte damals immer mehr über die Agentur, die Verantwortung, die sie übernommen hatte und über ihren Arbeitgeber.

Ich fand die Beziehung toll und ermunterte Tanya einen Heiratsantrag nicht abzulehnen.

Jeder hat eine zweite Chance verdient. Herbert war drei Jahre älter und noch Junggeselle. Zum zweiten Mal durfte ich Tanyas Trauzeuge sein. Dieses Mal heiratete sie nur standesamtlich am 30. Dezember, ohne große Feier.

Das Hochzeitsfoto der beiden ist vor dem Standesamt in Saarlouis gemacht. Tanya, trotz eisiger Kälte im schwarzen Hosenanzug mit Leopardenpelz, Herbert im Nadelstreifenanzug, halten Tonya an den Händen. Das Kind trägt das gleiche Outfit wie ihre Mutter. Ich liebe dieses Bild.

»Ihr drei seht toll aus.«

Tanya kauert sich in den Sitz und fängt an zu schluchzen.

Ich Tölpel, habe soeben eine Wunde aufgerissen, von der ich glaubte, dass sie längst verheilt sei.

Fürsorglich nehme ich sie in die Arme und streichele ihr wie einem kleinen Kind zur Beruhigung über Kopf und Schulter.

Ganz zart berührt Tanya das kleine Bild:

»Ach, mein Herbert, warum hat das Schicksal uns so böse mitgespielt? Ich wollte mit ihm alt werden. Jetzt bin ich es, aber ohne ihn und ohne unser Kind. Nur weil so ein Idiot sich das Leben nehmen wollte, und als Geisterfahrer falsch auf die Autobahn fuhr. Ausgerechnet meinen Mann erwischte er frontal, beide Fahrer kamen zu Tode.«

Tanya bekommt Weinkrämpfe.

»Ich bin jetzt ganz gemein, aber ich habe die Genugtuung, dass der Irre auch umgekommen ist.«

»Ja, ich sehe das auch so, meine Liebe. Er hat die gerechte Strafe erhalten.«

Der fürchterliche Verkehrsunfall ereignete sich am 14. August 1998, als Herbert von einem Auswärtstermin in der Pfalz auf dem Weg nach Hause war.

Die Polizei überbrachte die Todesnachricht am frühen Nachmittag. Gleich darauf erlitt Tanya eine Sturzgeburt. Sie war im vierten Monat schwanger.

Tonya sah, wie ihre Mutter im Wohnzimmer des neuen Eigenheims zusammenbrach. Die Polizisten alarmierten gleich zwei Rettungswagen. Einen für die werdende Mutter, den anderen für den inzwischen sechzehnjährigen Teenager. Für das Ungeborene kam jede Hilfe zu spät.

Der Geisterfahrer hatte somit zwei Menschen auf seinem Gewissen.

Tonya und Tanya brauchten Monate um sich von diesem herben Schicksalsschlag zu erholen.

Herberts Lebensversicherung zahlte zwar ohne Einschränkungen eine große Summe, erweckte jedoch den geliebten Mann nicht wieder zum Leben. Wenigstens mussten sich die beiden keine finanzielle Sorgen machen. Herbert hatte rechtzeitig als Könner seines Faches vorgesorgt.

Wieder boten mein Mann und ich den beiden Beistand. Auch Tanyas Schwestern kümmerten sich liebevoll um sie.

Eine Großaufnahme, die ganze Buchseite einnehmend, zeigen Tanya, Tonya, Evelyn, Annette, die beiden Brüder Wolfgang und Harald Schlosser vor Emmelies Tanzlokal in der Saarbrücker Mainzerstraße. 2000 steht als Jahreszahl darunter.

»Gott sei Dank sind mir wenigstens die geblieben,« lallt Tanya. Schnell ergreife ich wieder ihre Hände und streichele sie mit Küssen. Es tut ihr gut.

Inzwischen sind anderthalb Stunden vergangen.
 Im Flugzeug ist Ruhe eingekehrt. Die meisten Passagiere haben sich für die Nacht in Decken gehüllt und die Beleuchtung ausgeschaltet.

»Sollen wir nicht auch ein klein wenig die Augen schließen damit wir morgen fit für Buenos Aires sind?« frage ich vorsichtig mit gedämpfter Stimme.
 »Eigentlich hast du Recht, aber ich muss dir noch etwas ganz wichtiges erzählen.«
 »Jetzt? Hat das nicht Zeit? Ich bin, ehrlich gesagt, hundemüde und der Rotwein macht sich auch bemerkbar.«
 »Nein, es ist mir verdammt wichtig. Stell dich nicht so an und hör mir einfach zu.«
 Tanya klappt das Album zu, legt es auf ihre Knie und verschränkt die Arme vor der Brust.
 Ich mache mich ganz klein, rolle mich in die dünne weiche Wolldecke, die ich mir von der vorbeigehenden Stewardess habe geben lassen und spitze die Ohren.

Was ist ihr jetzt um diese Uhrzeit so wichtig?

Tanya zögert mit ihren Worten. Ist es etwas so Bewegendes, dass sie nicht direkt herausplatzen möchte?

»Ich weiß gar nicht wie ich anfangen soll,« flüstert sie »nächstes Jahr werde ich … Oma.«

»Das ist ja klasse, dass Tonya endlich den Schritt gewagt hat. Wann hat sie denn Termin, erzähl´mal.«

»Geburtstermin ist der 20. Juli. Es sollen Zwillinge sein. Eineiige, wahrscheinlich Jungs. Ach, ich bin ja so glücklich, hoffentlich geht weiterhin alles gut. Ich möchte nicht, dass sich mein Schicksal wiederholt. Lars, der werdende Papa, hat gestern begonnen Milas altes Haus für zwei Babys umzubauen. Das Dachgeschoss soll ganz als Kinderstube dienen. Stell dir das mal vor. Es kommt wieder Leben in den alten Kasten. Ich bereue es nicht, das Häuschen meinen beiden Schwestern abgekauft zu haben.

Es stand zwar geraume Zeit leer und kostete nur Geld, doch ich ahnte, dass die beiden sich irgendwann dort niederlassen werden.

Die Dreizimmerwohnung war nur ein kurzes Zuhause. Wie du sicherlich erfahren hast, ist unsere alte Grundschule total renoviert worden. Der neue Anbau beherbergt nun auch die Kindertagesstätte und eine Turnhalle. Also kann *Bistelle* heute weit aus mehr bieten als in den sechziger Jahren. In deinem ehemaligen Elternhaus wohnen übrigens auch junge Leute mit zwei kleinen Kindern.

Der Garten wird wie zu unserer Zeit, genutzt, mit Schaukel und Sandkasten. Und wenn Tonya und Lars erst einmal alles wieder auf Vordermann gebracht haben, die Zwillinge da sind, wird bestimmt auch das Verbindungstürchen wieder offen stehen. Eigentlich ist es jammerschade, dass du dein geerbtes Haus verkauft hast. Aber du hattest ja Gründe genug. Freust du dich mit mir auf den Nachwuchs? Schließlich sind sie nach Tonya die alleinigen Nachkommen der Familie *Bohn*. Annette und Evelyn bereuen es heute noch, dass sie in jungen Jahren keinen Kinderwunsch gehegt hatten. Irgendwann war fürs Kinderkriegen die biologische Uhr abgelaufen.«

»Und wie ich mich freue.«

»Tonya hat mir gestern das erste Ultraschallbild gezeigt. Dies ist sogar in Farbe, nicht wie in unserer Schwangerschaft in einfachem schwarz-weiß.«

Sie klatscht in die Hände und jubelt.

Schnell stupse ich sie an: »Nicht so laut, du weckst die anderen auf.«

»Oh, das ist mir jetzt ziemlich egal. Jula, ich werde Großmama. Klingt das zu altmodisch?«

»Nein keineswegs, ist zwar zur Zeit nicht so ganz »in«, ich hätte auch gerne, dass meine Enkelkinder mich so nennen. Tun sie leider nicht. Großmama. Großmama. Klasse.«

»Und dann ist noch etwas, was das kommende Jahr ansteht.«

Ich ziehe mühsam, von Müdigkeit deutlich gezeichnet, meine linke Augenbraue hoch.

»Was gibt es denn noch? Willst du etwa die Versicherungsagentur aufgeben, dass du Tonya bei der Kinderbetreuung zur Seite stehen kannst? Eigentlich hast du es doch gar nicht mehr nötig zu arbeiten.«

»Seit wann kannst du Gedanken lesen? Ja, ich werde nach dem ersten Quartal das Büro an einen jungen Mann, der aus der Hauptverwaltung kommt, abgeben. Er wird die Räumlichkeiten des Parterres übernehmen. Die obere Etage vermiete ich.«

»Wieso vermietest du deine Wohnung?« will ich wissen.
»Ich ziehe aus.«
»Klar, aber wieso, warum, weshalb, wann und wohin?«
»Du willst aber jetzt alles wissen.«
»Natürlich wenn du mir solche Neuigkeiten erzählst, will ich weiter an deinem Leben teilhaben. Hast du alles schon geplant?«
»Ja, … wir haben alles besprochen und bereits die ersten Weichen gestellt.«

»Wer ist wir? Tonya, Lars und du?«

Mein Pfadfindergeist ist geweckt. Schließlich kenne ich die feine Wortwahl meiner Freundin. Hinter dem Wörtchen »wir«, sagt mir mein Spürsinn, stecken nicht nur die Kinder. Evelyn und Annette werden in der Regel nicht so sehr als Tanyas Berater konsultiert. Dann schon eher meine Wenigkeit. Doch hier scheine ich wohl übergangen worden zu sein. Wie soll ich mich nun verhalten?

Soll ich leicht eingeschnappt sein, die Sache lässig übergehen oder nur zuhören?

Ich entscheide mich diplomatisch zu verhalten, indem ich wiederholt mit einem Augenaufschlag mein äußerstes Interesse bekunde.

»Mmmh … Gordon und ich. So, jetzt ist es raus,« prustet Tanya mit dicken Backen raus.

»Gordon, wer?«

»Gordon Thaler.«

»Wer ist Gordon Thaler? Kenn´ ich nicht. Du aber offensichtlich. Du hast mir diesen Mann bis jetzt vorenthalten. Seit wann kennst du ihn, was macht er, wer ist er, was willst du von ihm oder er von dir?«

»Du bist heute aber sehr neugierig.«

»Na, kein Wunder, wenn du mir solche Sachen erzählst. Na los, jetzt leg' alle Karten auf den Tisch.«

»Also, Gordon habe ich in Emmelie's Tanzbar im Februar dieses Jahres zum ersten Mal getroffen.«

»Was, das ist ja ein dreiviertel Jahr her. Und mir erzählst du nichts davon!«

»Ja, ich weiß, aber ich war mir nicht sicher, was du von mir denkst, wenn ich in unserem Alter behaupte, total verliebt zu sein. Ich habe Schmetterlinge im Bauch wie ein Teenager. Auch war es bislang total spannend, unsere Liaison geheim zu halten.

Ich habe Annette und Evelyn damals spontan bei der Bewirtung geholfen, nachdem gleich zwei Kellnerinnen wegen Krankheit ausgefallen waren. Gordon war an jenem Sonntagnachmittag zum Tango tanzen mit seiner frisch geschiedenen Schwester gekommen. Christiane gab vor, sich nicht wohl zu fühlen und verließ alsbald das Lokal.

In Wirklichkeit hatte sie eine andere Verabredung, wollte ihrem Bruder dies aber nicht auf die Nase binden. So blieb er alleine zurück. Er lauschte der Livemusik, genoss sowohl seinen Cocktail als auch die rhythmischen Bewegungen der tanzenden Paare. Irgendwann fasste er allen Mut zusammen und fragte mich, ob ich mit ihm einen Tango tanzen würde.

Ich zögerte.

Es war ja Jahrzehnte her, dass ich mich dazu habe hinreißen lassen. Herbert war ein absoluter Nichttänzer. Mit Torsten hingegen, war der Tanz ein wahres Vergnügen gewesen. Kann man sich bei solch einem Tanz überhaupt auf einen wildfremden Mann einlassen?

Schließlich ist Tango Leidenschaft.

Auf der einen Seite wollte ich mich schon den ganzen Nachmittag dem Rhythmus der Musik hingeben, auf der anderen Seite schickte es sich nicht, zum Personal gehörend, mit einem Gast zu tanzen. Gordon ließ nicht locker. An diesem Tag hatte er keine Chance. Er handelte sich einen Korb von mir ein. An dem darauf folgenden Sonntag passte er mich vor Arbeitsbeginn im Durchgang zum Innenhof ab.

Leise sprach er mich an, ob ich ihn als Tanzpartnerin in das Lokal begleiten wolle. Er gab sich wirklich sehr viel Mühe um mich zu werben. Ich war total geschmeichelt. Das hat noch nie jemand für mich getan. Stell' dir das mal vor, Jula!«

Ich nicke nur.

Neugierig funkeln meine Augen.

»Schnell sagte ich zu, sehr zum Missfallen der Schlossers, meinen ehrenamtlichen Job ab und gesellte mich zu Gordon Thaler an den kleinen Tisch rechts neben der Tanzfläche.

Evelyn servierte uns einen Kir Royal.

Dabei nickte sie mir aufmunternd zu.

Erst erzählte er mir aus seinem Leben, dann überließ er mir das Wort. Ich weiß, das klingt kitschig, aber es war so. Richtig romantisch und altmodisch.

Nach dem dritten Gläschen hatte ich genug Alkohol getrunken und gab dem Wunsch nach, einen Tanz mit ihm zu wagen.

Ich erlebte einen richtigen Rausch.

Der Mann kann tanzen wie ein Weltmeister.«

»Der Tango verfolgt dich? In Buenos Aires wirst du bestimmt viele Tangobars und Tänzer sehen, so beschreibt es zumindest der Reiseführer. Wie ist es nach dem Tanz weitergegangen. Spanne mich nicht auf die Folter.«

»Wir haben uns dann immer häufiger getroffen.

Er ist neunundfünfzig Jahre alt. Hatte nie Familie und seit Jahren keine Lebenspartnerin mehr.

Mit einundvierzig Jahren ging Gordon als ehemaliger Waffensystemoffizier in Ruhestand.«

»Als was?«

»Waffensystemoffizier.«

» Was ist ein Waffensystemoffizier?«

»Ein sogenannter WSO, also Waffensystemoffizier, so erklärte es mir Gordon, ist bei der Bundeswehr das zweite Besatzungsmitglied im zweisitzigen Kampfflugzeug oder eines Kampfhubschraubers. Gordon hielt seinerzeit die überwachende Funktion des Piloten inne. Die Verantwortung über die Bewaffnung und den Waffeneinsatz obliegt ganz alleine dem WSO. Der Pilot übernimmt nur das Flugzeug und die Flugmanöver. Er flog ausschließlich mit der Phantom F-4 und war nie im Kriegseinsatz.«

»Toll, was für ein interessanter Mann,« feuere ich dazwischen, um Tanya bei Laune und im Erzählfluss über diesen Typen zu halten.

»Die Pensionierung kam zu früh. Er war zu jung um aus

der Arbeitswelt ganz auszuscheiden. Nachdem er sein Domizil nahe dem Fliegerhorst in Wittmund in Ostfriesland aufgelöst hatte, stieg Gordon in die Detektei seiner jüngeren Schwester Christiane ein. Heute betreiben sie gemeinsam unter dem Namen *Thaler und Thaler* das traditionelle Unternehmen in Saarbrücken. Schon der alte Herr *Thaler* betrieb zu seinen Lebzeiten die Detektei. Nach seinem Tod übernahm die Tochter das Metier.

Ob du 's glaubst oder nicht, das Detektivbüro und Gordons Wohnung sind in dem ehemaligen Anwesen von Gerd Klein. Mamas Gerd. Der Makler hat es damals in Annettes, Evelyns und meinem Namen an Thalers Eltern verkauft.«

»Nein, so etwas gibt es doch nur im Kino!«

»Doch, ich glaube unser Aufeinandertreffen ist vorbestimmt. Und nun möchte ich mit ihm ein neues Leben beginnen. Hoffentlich für die nächsten dreißig Jahre und mehr. Ich ziehe Anfang Februar nach Saarbrücken, zuvor heiraten wir aber noch.«

»Schon wieder. Darf ich dann wieder dein Trauzeuge sein?«

»Du musst, du hast darin so viel Erfahrung, wie ich als Braut. Ich bin so glücklich.«

»Warum erfahre ich dies erst jetzt. Eigentlich müsste ich böse auf dich sein, warum du mich nicht von Anfang an eingeweiht hast. Echt schade.«

»Ich weiß, dass ich mit Gordon's Geschichte hinter dem Berg gehalten habe. Kannst du mir verzeihen?«

»Das muss ich mir noch reichlich überlegen. Wenn wir wieder zuhause sind, möchte ich, nein, bestehe ich darauf, dass du mir diesen Wunderknaben sofort vorstellst. Ich gebe euch dann meinen Segen. Wissen Tonya und Lars von dieser Verbindung und deinen Plänen? Und überhaupt, warum hast du uns allen an deinem Geburtstag diesen Tanguero nicht vorgestellt?«

»Eins nach dem anderen, meine Liebe. Die Kinder kennen Thaler längst, mussten aber ihr Versprechen geben, nichts zu sagen, bevor ich grünes Licht gebe.

An meinem Ehrentag war er leider beruflich nach Südamerika unterwegs. Wir haben täglich ein paar Minuten telefoniert. Ich kam mir vor wie ein Backfisch,« kichert Tanya.

»Also zuhause, spätestens an Weihnachten möchte ich euch als meine Gäste begrüßen dürfen,« sage ich und reibe mir verschwörerisch die Hände.

»Solange brauche ich dich gar nicht auf die Folter zu spannen.«

»Wie meinst du das? Hast du ein Bild von Gordon bei dir?«

»Ja, das auch, aber er sitzt mit uns hier im Flugzeug.«

»Wie, sag' nur, das ist der Grund, warum du über eine Stunde deinen Sitz verlassen hast. In welcher Reihe sitzt er? Du stellst uns sofort einander vor, oder ich kündige dir meine Freundschaft und fliege postum zurück.«

»Das wirst du nicht tun. Erstens haben wir Urlaub bis zum 14. Dezember gebucht, zweitens ist alles bezahlt. Ich stelle ihn dir gleich vor und außerdem habe ich noch eine Überraschung für dich.«

»Tanya, du wirst mir allmählich sehr unheimlich. Dieser Mann hat dich verändert. Du bist forscher und Energie geladener als sonst?«

»Lass' es jetzt gut sein. Gordon wartet nur auf ein Zeichen, dass er zu uns kommen kann. Wir haben Glück, dass der Sitz neben uns frei geblieben ist. Dann kann er sich zu uns setzen und wir quatschen die Nacht durch. Du bist doch nicht mehr müde, nicht wahr?«

»Nein. Die Bombe ist geplatzt. Der Punkt geht eindeutig an dich. Los, ruf' ihn her.«

Ein Flitzbogen kann nicht stärker gespannt sein, als meine Nerven. Welcher Mann kann meiner Freundin so den Kopf verdrehen? Wie stelle ich ihn mir vor? Bislang bestand Tanyas Beuteschema aus eher langweiligen, unsportlichen, tierlieb losen, handwerklich Unbegabten Männern. Sie waren zwar großzügig, aber auch sehr ich bezogen. Wer kommt jetzt?

Tanya lässt dreimal kurz die Leselampe aufleuchten. Es ist das vereinbarte Zeichen, dass Herr Thaler nun seinen Antrittsbesuch machen darf. Die beiden sind raffiniert. Tanya hat es darauf angelegt, einen passenden Moment abzuwarten. Wann hätte sie mir die Neuigkeiten erzählen wollen, wenn nicht jetzt? Eigentlich wollte ich ja schlafen.

Was, würde sie dann machen? Es ist besser nicht darüber nachzudenken. Gleich wird Tanyas Schwarm erscheinen. Aber es ist dunkel. Nachtzeit, fast alle Mitreisende schlafen, nur hier und da flimmert noch der kleine Fernseher am Vordersitz oder unter einem schwachen Lichtkegel sucht jemand noch nach Buchstaben in seiner Lektüre. Außerdem können wir hier nicht mitten in der Nacht quatschen wie Teenis.

»Sollen wir nicht besser nach hinten in die Küche gehen? Wir sehen nichts und stören nur die anderen Fluggäste,« frage ich ganz leise.

In diesem Moment ertönt ein »Bing« im Lautsprecher und gleich darauf ein Schwall von spanischen Worten. Dann kommt die Ansage auch auf englisch und französisch, sodass ich sie verstehe.

Es wird bei dem Flug über den Atlantik mit erheblichen Turbulenzen zu rechnen sein, man wird gebeten die Sitze gerade zu stellen, sich anzuschnallen und folglich nicht mehr unnötiger Weise die Sitzplätze zu verlassen.

»Was soll das heißen?« fragt Tanya mit schlagartig veränderter, blasser Gesichtsfarbe.

Mir wird es auch mulmig, befolge aber die Anweisung sich anzugurten, nachdem alle Oberlichter wieder hell erleuchtet sind. Mein Herz beginnt zu rasen. Panik bahnt sich an.

Ich habe plötzlich Schweißfinger und eine Riesenangst. Kein Wunder, das Flugzeug zittert, krächzt, Passagiere schreien auf. Ich auch. Wann ist dieser Spuk vorbei? Einige Gäste rufen nach den Stewards, andere nach Gott. Die Stimme des Kapitäns röhrt durch den Flieger, man möchte doch bitte ruhig bleiben, die gesamte Crew habe alles im Griff; es seien nur heftige Windböen und sie werden nun einen großen Bogen um das Tief fliegen. Aus diesem Grunde wird sich die Flugzeit um circa eine bis anderthalb Stunden verzögern.

Auch das noch, eigentlich möchte ich so schnell wie möglich aus dieser Konservendose.

Es ist eine dunkel behaarte Männerhand, die mich versehentlich an der Schulter berührt und mein Herz nun ganz in die Tiefe reißt. Ich schaue schnell hin. Jetzt liegt sie auf Tanyas rechter Schulter. Tanya ist zwar im ersten Moment auch erschrocken, küsst sie aber zart und ungeniert. Klar, sie gehört zweifellos zu Herrn Gordon Thaler.

»Jula, das ist Gordon Thaler,« ergreift meine beste Freundin sofort das Wort.

Vor mir steht er. Nicht ganz ein Meter achtzig groß, ein leichter Bauchansatz zeichnet sich durch das dunkelblaue Polohemd, das Gesicht zeigt ein breites wohliges Lächeln mit hübschen strahlend weißen Zähnen.

Was muss er von mir denken, wenn ich ihn mehr oder weniger vom Bauch ab nach oben bis zum Kopf hin mustere?

Gorden hat sehr große Ähnlichkeit mit meinem Mann. Ist das vielleicht der Grund, warum Tanya sich in ihn verliebt hat? Besser ihn , als dass sie noch meinen Hubert anbaggert. Hinter der Brille mit dem schwarzen Rand leuchten wasserblaue Augen. Das graue Haar sowie der Vollbart haben eine Einheitslänge von geschätzten acht bis zehn Millimetern. Ganz Gentleman begrüßt er mich mit einem gehauchten Handkuss und den Worten:
   »Es ist schön, die beste Freundin meiner Herzdame endlich kennenzulernen.«

Ich bin zutiefst gerührt, ist das wirklich nötig, mir solchen Honig um den Mund zu schmieren? Oder hat er nur eine taktisch kluge und wohl überlegte Phrase angewendet, um die Ansprache neutral zu halten? Somit überfällt er mich nicht gleich mit »Du« oder dem profanen »Sie.« Hätte ich nicht besser machen können, wenn ich zuerst in Erscheinung getreten wäre.

Befinden wir uns in einem modernen Flugzeug oder auf einem Passagierdampfer, welches bei Sturm den Atlantik überquert? Wie lange dauert dieses Auf – und Abrollen in den Luftlöchern noch?. Fast allen Fluggästen liegen die Nerven blank. Der ein oder andere benutzt die persönliche Papiertüte, um sich des Dinners zu entledigen. Tanya und mir dreht sich auch der Magen um. Solch eine Todesangst hatte ich noch nie.

Nur Gordon, dem erfahrenen Flugbegleiter, macht die Situation gar nichts aus. Er sitzt jetzt zwischen uns und hat sehr fürsorglich die Arme um uns gelegt. Rechts um Tanya, links um mich. Wie kleine Kinder behandelt er uns und zeigt uns Atemübungen, um der Situation Herr zu werden. Sie nützen uns. Nach einer eingebildeten Ewigkeit ist das beklemmende Gefühl und der Druck im Kopf besser. Das Flugzeug scheint nun endlich in »ruhigeres Fahrwasser« ausgewichen zu sein.

Tanya und ich finden unsere Sprache wieder.

»Wie wäre es, wenn wir jetzt ein Glas Rotwein auf die Freundschaft und auf die bevorstehenden Tage trinken?« schmettert meine Freundin, wartet aber keine Antwort ab, sondern springt beherzt auf, um hinten aus der Bordküche den Wein zu organisieren.

»Typisch Tanya,« sage ich, um wenigstens etwas von mir zu geben.

»Kaum wieder hergestellt, will sie schon aufs Neue das Leben genießen.«

Die sonore Männerstimme neben mir bestätigt: »Sie ist nicht kleinzukriegen. Dieses schätze ich an Tanya. Überhaupt ist sie für mich die Frau meines Lebens.«

Hoppla, was sind das für Worte aus dem Mund eines gestandenen erwachsenen Mannes? Auch Gordon scheint Schmetterlinge im Bauch zu haben.

Mir brennen viele neugierige Fragen auf der Zunge. Wie kann ich es nur anstellen, ihn auszufragen? Soll ich einfach direkt in die Offensive gehen?

»Wollen wir noch einmal mit dem gegenseitigen Vorstellen beginnen? Jetzt scheint der Flug ruhiger zu sein und eure Flugangst gebändigt.«

Ich nicke nur, halte mich mit einer direkten Anrede zurück.

»Also noch einmal. Ich freue mich, die beste Freundin meiner Herzdame endlich kennen zu lernen. Ich bin *Gordon Maximilian Thaler*. Für alle Freunde *Gordon* und bitte kein *Sie*. Einverstanden?« Er lässt mir keine Zeit zu antworten, stattdessen drückt er mir beide Hände wie ein Ball zusammen und gibt mir unvermittelt einen Bruderkuss rechts und links auf die Wange. Er schafft es, dass ich weiterhin sprachlos bin. Hilfe, was soll ich tun? Ich mustere ihn ein weiteres Mal. Jetzt vom Kopf bis zu den Füßen, die schön brav nebeneinander in gepflegten hellbraunen Wildlederslippers stecken. Der Mann weiß sich zu kleiden. Schließlich passen das dunkelblaue Poloshirt, die verwaschene »Wrangler«-Jeans, die Schuhe genauso zu ihm, wie die Frisur, der kurze Bart und die moderne schwarz umrandete Brille. Meine Gedanken geraten schon ins Schwärmen. Ich denke an meinen Mann. Hubert fehlt mir, gerade jetzt. Es war egoistisch, nur mit Tanya verreisen zu wollen. Nun sitzt er mutterseelenallein zu Hause und trauert mir vielleicht auch nach. Ich werde ihn nachher im Hotel direkt anrufen.

»Ihr beide habt unser Aufeinandertreffen gut vorbereitet. Das war doch pure Absicht, dass Tanya das kleine Fotoalbum mir mehr oder weniger vor die Füße wirft, um eine geschickte Überleitung zu erzielen,« stelle ich mit einem hämischen Schmunzeln fest.

»So, hat sie das? Ich habe die ganze Zeit auf unser verabredetes Zeichen gewartet. Es hat so lange gedauert, ich wollte schnellstens bei Euch sein,« entgegnet Gordon.

***

Gordon Maximilian Thaler, der WSO a.D. ist nach achtzehn Jahren Aufenthalt im ostfriesischen Wittmund wieder in seine Geburtsstadt Saarbrücken zurückgekehrt. In der Ferne gab es nichts, was ihn hätte halten können. Keine Familie, keine Freunde, außer den wenigen Kameraden des Fliegerhorstes, kein eigenes Haus, nur eine kleine Zweizimmerwohnung mit Minibalkon.

Mit seiner alten Harley Davidson unternahm er an den wenigen freien Tagen, Motorradtouren entlang der ostfriesischen Küste. Er erfreute sich an dem weiten Blick über die Nordsee.

Der Job in dem beengten Flugzeug und die Flugmanöver zehrten oft an seinen Nerven. Er wollte diese Herausforderung schon in jungen Jahren. Es war ein hoch gestecktes Ziel, und er hatte es erreicht. Es war nicht immer einfach.

Er gehört in jeglicher Hinsicht zu den Kämpfern. Damals als Flugbegleiter eines *Phantom* Kampfflugzeuges und als gelegentlicher Marathonläufer.

Heute stellt er sich als Privatdetektiv seinen Herausforderungen. Es interessiert ihn, Geheimnissen fremder Menschen auf die Spur zu kommen. Deshalb stand es außer Frage nach seiner Pensionierung, mit mal gerade einundvierzig Jahren, in die Detektei seiner Eltern und seiner jüngeren Schwester Christiane einzusteigen. Gordon verließ den hohen Norden und fand sein neues und zugleich altes Domizil wieder in Saarbrücken. Die alte Stadtvilla seiner Eltern am *Staden* ist seine jetzige Adresse.

Nach einer Einarbeitungszeit von zwei Jahren stellten die Geschwister 1999 das Unternehmen als *Thaler und Thaler Detektivbüro für private Ermittlungen vor.*

Als seine Schwester mit einem komplizierten Bruch der Kniescheibe im Krankenhaus lag, lernte Gorden bei seinen zahlreichen Besuchen im Krankenhaus Lydia kennen. Sie war Oberärztin und betreute Christiane. Beide fanden Gefallen aneinander und wurden ein Paar. Jeder lebte jedoch sein eigenes Leben, jeder hatte seinen Job, seine Freiheiten und seine eigene Wohnung. Lydia war drei Jahre jünger als Gordon; eine Frau, die wusste, was sie wollte. Sie war gebürtige Finnin, die Anfang der 90er Jahre zum Medizinstudium nach Deutschland gekommen war und geblieben ist.

Diese Frau brachte Gordon den sinnlichen Tanz des finnischen Tangos bei.

Der Finnische Tango ist dem Tango Argentino der 1930er Jahre ähnlich. Allerdings hat die finnische Version mehr absteigende als aufsteigende Melodien. Die Texte werden meistens auf Finnisch, ab und an auf Schwedisch, aber auch in Deutsch und Spanisch gesungen. Getanzt wurde er viel von der Nachkriegsgeneration, ist aber auch heute noch bei jüngeren Leuten beliebt.

Der finnische Tango gilt nicht als kunstvoller Tanz, wie die südamerikanische Art. Die Tanzpaare bewegen sich meistens nur im Grundschritt. Der Tanz ist ein reines Freizeitvergnügen.

Sie galten als das perfekte Paar. Die Ausstrahlung und die Hingabe zu den rhythmischen Klängen waren faszinierend. Doch leider nicht für die Ewigkeit.

Gordon brachte es nicht übers Herz seiner Angebeteten einen Heiratsantrag zu machen. Irgendetwas versperrte seinem innersten Ich den Weg zu dieser Handlung. Lydia wartete also vergebens auf die Frage aller Fragen. Nach fünf Jahren lösten sie ihre Beziehung in freundschaftlichem Einvernehmen auf.

Frau Doktor ließ sich an die Frankfurter Unfallklinik versetzen und verschwand aus Gordons Leben. Seit dieser Zeit hatte Gordon keine feste Partnerin mehr, bis Tanya in sein Leben trat.

Und dies ausgerechnet beim Tangotanzen.

Im Grunde haben beide aufeinander gewartet. Es war ein Wink des Schicksals, dass Tanya sich von ihren beiden Schwestern hat anheuern lassen, ihnen beim Bedienen der Gäste in Emmelie´s Tanzbar zu helfen. Der erste Blickkontakt an diesem Sonntag im Februar brachte eine Wende in das bislang unerfüllte Liebesleben der beiden.

Sie scheinen wie Backfische verliebt zu sein und das in ihrem Alter. Händchen haltend sitzen sie nebeneinander. Ich fühle mich total überflüssig und möchte mich am liebsten auf einen anderen freien Platz umsetzen. Doch dies wäre meiner besten Freundin bestimmt auch nicht recht.

Was soll ich nun tun?

Meine Devise lautet nun, schütte den Rotwein, den Tanya aus der Küche ergattert hat, in einem Zug in dich hinein, verschließe die Augen und versuche noch die wenigen Stunden, die uns bis zur Landung bleiben, den Schlaf der Gerechten zu widmen. Der unbequeme enge Sessel trägt nicht unbedingt sofort zu dem sehnlichsten Wunsch bei.

Es dauert und dauert, meine Nachbarn rechts von mir, haben es geschafft. Ein leises im Gleichtakt grunzendes Geräusch bestätigt mir, dass sie eingeschlafen sind.

***

»Voules-vous un petit dejeuner?«

Unsanft werde ich von der Stewardess aus dem Schlaf gerissen.

Trunken murmele ich ein »Oui, merci.«

Ich versuche mich zu sammeln, räkele und strecke mich vorsichtig, wobei ich einen verstohlenen Blick zu dem Liebespaar neben mir werfe. Der Mann mit dem grau melierten Haar und dem Vollbart schaut mich mit seinen blauen Augen lächelnd an.

»Jetzt konntest du doch schlafen und hättest fast das Frühstück verpasst. In einer Stunde werden wir landen. Dann hat dich Mutter Erde wieder. Ich wusste bislang gar nicht, dass jemand, solche Flugangst haben kann.«

Hat er das nicht schön gesagt?

»Gott sei Dank, es ist vorbei. Ich wünsche euch einen guten Appetit.«

»Ach Jula,« kommt das erste Wort für heute von Tanya, und streckt die Hand zu mir rüber.

» Ich danke dir für dein Verständnis. Glaub mir, dass ich ein wirklich schlechtes Gewissen all die Zeit hatte, dich nicht von Anfang an über uns aufgeklärt zu haben. Wir fanden es aufregender, erst einmal ein großes Geheimnis um uns und unser Vorhaben zu machen.«

»Das ist euch gelungen. Schwamm drüber, beste Freundinnen müssen auch nicht immer gleich alles wissen. Manchmal ist der Überraschungseffekt sinnvoller. So kann ich dir heute wenigstens nicht mehr ins Gewissen reden. Es scheint alles entschieden zu sein.«

»Klar, wir sind fest entschlossen. Unsere Hochzeit wollen wir in Buenos Aires feiern«

»Was, was kommt denn noch alles? Habt ihr noch mehr zu beichten? Wieso dort, wieso nicht zuhause mit den ganzen Familien? Seid ihr jetzt total verrückt? Im Ausland heiraten, geht das überhaupt außer in Florida, auf die Schnelle?« poltere ich mit vollem Mund los.

Tanya antwortet mir nicht, stattdessen hält sie mir den Ringfinger ihrer linken Hand vor die Augen.

An ihm steckt ein äußerst hübscher Ring aus edlem Platin, sofern ich das auf den ersten Blick beurteilen kann.

»Seit wann trägst du diesen Ring?«

»Seit gestern Abend, beziehungsweise heute Morgen. Gordon konnte nicht mehr abwarten, er steckte ihn mir einfach an.«

»Der Mann scheint unberechenbar zu sein. Herzlichen Glückwunsch Euch beiden. Aber wie und wo genau soll die Hochzeit stattfinden? Ist das alles organisiert?«, will ich wissen.

»Jula, was denkst du denn? Natürlich habe ich alle Vorkehrungen treffen lassen.

In Argentinien funktioniert zwar nicht alles perfekt und nicht auf Kommando, aber ich bin überzeugt, die richtigen Leute beauftragt zu haben.« kontert Gordon.

»Erst wird uns mein alter Freund und Kollege Juan am Flughafen abholen und uns ins Hotel bringen. Am Nachmittag zeigt er uns seine Heimatstadt aus argentinischer Sicht«, fährt er fort.

»Ich dachte, wir hätten einen Fremdenführer gebucht? Ach, wann und wie und wo soll die Hochzeit überhaupt sein?«

Tanya gibt Gordon einen Kuss auf die Wange und antwortet mir zugewandt: » Wir haben noch einige Tage Zeit. Erst am 11. Dezember werden wir standesamtlich heiraten. Vorher müssen wir noch unsere deutschen Urkunden abgeben. Dann wird von den argentinischen Behörden unser Familienstand geprüft und die Trauung vor dem dortigen Standesbeamten vollzogen. Nur kannst du, Jula, dieses Mal nicht mein Trauzeuge sein. Zugelassen sind nur Personen, die in Argentinien dauerhaft wohnen. Wir hätten dich gerne genommen, aber dann wäre unser Eheversprechen möglicherweise ungültig und fände in Deutschland keinen Zuspruch. Bitte sei uns nicht böse.«

»Nein, das bin ich bestimmt nicht. Die Hauptsache ist doch, dass ihr beide unter die Haube kommt. Kennt ihr denn eure Trauzeugen schon?«

»Der eine ist Juan, der Mann, der uns die Stadt zeigen wird. Er ist wie ich Privatdetektiv und hat für mich hier in Buenos Aires ermittelt. Ich kenne ihn sehr gut. Wir haben uns im September hier getroffen und schon vieles vorbereitet.

Den zweiten Trauzeugen kenne ich leider noch nicht persönlich. Juan und Tanya kennen ihn aber.«

»Wieso kennt Tanya einen Argentinier?« frage ich, bekomme aber durch die Bordansage keine Gelegenheit einer Antwort.

Die Frisur sitzt, hält der Windböe stand, die sie angreift. Wir sind endlich auf dem internationalen Flughafen *Ezeiza* in Buenos Aires gelandet. Das Aufsetzen der Maschine auf der Landebahn war unspektakulär, aber hart und quietschend. Die meisten Passagiere sind Argentinier. Dies stelle ich jetzt erst fest. Unhöflich mit relativ lautem Organ verschaffen sie sich Platz, um so schnell wie möglich, das Flugzeug verlassen zu können. Spätestens am Gepäckband warten sie in weiterer Ungeduld auf die Koffer.

Wir müssen ein kurzes Stück zu Fuß über das Rollfeld zum Terminal laufen. Die Bewegung tut nach dem langen Flug richtig gut. An diesem Dezembertag zeigt das Thermometer wohlige achtundzwanzig Grad an. Für deutsche Verhältnisse eine ungewohnte Temperatur, zumindest um diese Jahreszeit.

Das Flughafengebäude ist klimatisiert, sorgt beim Betreten für direkte Abkühlung. An der Kofferausgabe lernen wir die erste Lektion der argentinischen Lebensführung kennen.

Das Förderband spuckt in regelmäßigen Abständen Reisetaschen, Koffer und andere Gepäckstücke aus dem Untergrund aufs Band. Sehnsüchtig warten wir und warten und warten. Alle Passagiere greifen nach ihren Gegenständen. Das Band ist nach gut einer halben Stunde leer und wird abgestellt. Unsere

Koffer haben jedoch nicht ihre Besitzer gefunden. Verdutzt und fassungslos stehen wir in der Flughalle.

Was nun?

Gerade als wir zum Schalter »*Lost and Found*« gehen wollen, kommt mir die Idee doch noch einmal das gesamte Gepäckband bis zum Ende abzugehen. Und tatsächlich, dort liegen sie, auf dem Boden, hinter der letzten Biegung, kurz vor dem Einlauf in den Abgrund, einsam und verlassen in der Ecke.

Endlich.

Wir verlassen, schweißgebadet, die Flughafenhalle in die Morgenhitze der Stadt. Vor dem Gebäude wartet bereits Juan mit einem großen weißen Schild »*Herzlich Willkommen*« auf uns.

Die beiden Männer begrüßen sich freundschaftlich mit Hände schütteln, klatschen und um den Hals fallen. Uns Frauen gegenüber ist Juan, der Mittfünfziger, so schätze ich, etwas zurückhaltender, aber dennoch herzlich.

Er spricht gutes Deutsch mit einigen kleinen Fehlern.

Die Fahrt in seinem Ford geht nur mäßig voran.

Um diese Uhrzeit herrscht rund um den internationalen Flughafen das reinste Verkehrschaos.

Tanya und ich nutzen die Gelegenheit um den Mann, mit dem typischen argentinischen Erscheinungsbild, auszufragen. Wir haben keine Hemmungen nach Alter, Familienstand, Kindern, Hobbys und nach seiner Detektei zu fragen.

Gordon schüttelt nur ganz zart den Kopf. Greift aber in das Gespräch nicht ein.

Nach geschlagenen zwei Stunden kommen wir vor dem Hotel *Recoleta* im gleichnamigen Stadtteil nebst Friedhof an.

Das Einchecken ist, Gott sei Dank, ganz unkompliziert . Ich bekomme wie Tanya und Gordon ein Doppelzimmer. Haben die beiden doch heimlich die Zimmerreservierung umgebucht? Ursprünglich wollten Tanya und ich uns ein Zimmer teilen.

Doch so ist es auch in Ordnung, schließlich ist alles anders gekommen. Ich bin nur noch müde und möchte einige Stunden schlafen bis wir am Nachmittag von Juan zur Stadtrundfahrt abgeholt werden.

Juan, der Privatdetektiv erzählt uns ausgiebig und stolz, wie Argentinier sind, Wissenswertes über sein Heimatland und seine Geburtsstadt.

Die Hauptstadt bietet mehr als nur Musik und köstliche Steaks. Sie ist das *Paris Lateinamerikas.*

Seit Beginn des 20. Jahrhunderts hat sich das Stadtbild stark verändert. Die *Plaza de Mayo* im östlichen Teil von Buenos Aires war Ausgangspunkt der ursprünglichen Besiedlung und stellte in Form eines Halbkreises den städtischen Kern dar.

Hier steht die Hauptkirche der Katholiken, die *Catedral Metropolitana*. Seit den 1950er Jahren haben sich außerhalb der Stadt Geschäftszentren und andere Einrichtungen angesiedelt. Theater, Hotels, Restaurants sowie Finanz- und Regierungsbüros. Einige luxuriöse Wohnkomplexe liegen konzentriert nördlich und westlich der Plaza.

Die 1,6 km lange *Avenida de Mayo* wird von vielen architektonisch wichtigen Gebäuden gesäumt. Sie erstreckt sich weitere 40 Kilometer nach Westen.

Als *Straße, die niemals schläft*, wird die *Avenida Corrientes* bezeichnet. Sie verläuft in west- östlicher Richtung. Entlang dieser Straße liegen viele Theater, weshalb sie auch als *Broadway von Buenos Aires* bekannt ist. Im Norden der Stadt befinden sich viele Parkanlagen, die Rennstrecken und das Polo – Stadion. Ferner wohnt hier die Mittel- und Oberschicht.

Auch Juan Danzas wohnt hier mit seiner Frau und dem Rest der Familie. Er hat zwei verheiratete Töchter und sechs Enkelkinder im Alter von zwei bis fünf Jahren.

Nun kommt Senior Danzas erst richtig ins Schwärmen. Seine dunklen Augen glänzen vor Freude. Er reibt sich die Hände und fährt mit seinen Erklärungen fort.

Kaffee ist in Buenos Aires und generell in Argentinien, sehr beliebt. Dies liegt sicherlich nicht zuletzt an den vielen italienischen und spanischen Wurzeln. Kaffee trinken gehört hier zu den Lieblingsbeschäftigungen, vor allem verbunden mit einem Plausch unter Freunden.

Für Deutsche sehr ungewohnt und nahezu unvorstellbar ist die Uhrzeit, zu welcher die Argentinier am Abend essen. Meist gegen 22 Uhr plus minus eine Stunde. Die Argentinos haben im Prinzip eine vierte Mahlzeit am Tag. *La Merienda*. Dabei wird natürlich Kaffee getrunken, begleitet von Kuchen, Croissants oder auch einfachen Toasts.

Der Kaffee selbst ist in ganz Argentinien eine Wissenschaft für sich. Es existiert eine Vielzahl an Varianten der Zubereitung.

Grundsätzlich gibt es drei verschiedene Größen. *Chico*, etwa die Menge eines Espressos, *jarrito*, eine kleine Tasse und *doble*, eine normale Tasse.

Alle Kaffees werden grundsätzlich als *chico* serviert, falls nicht anders bestellt. Durch den Tag schlägt man sich mit Kaffee und *kleinen* Happen. *Picada*. Es dominiert das Abendessen mit gegrilltem Fleisch *Asado*, das saftig rosig und in großen Portionen serviert wird.

Äußerst beliebt sind *lome*, also Filet und *Bife de Chorizon*, das Rumpsteak. Gelegenheiten dies zu testen gibt es in eines der über 3.500 Restaurants der Stadt. Kenner versichern nachhaltig, dass die argentinischen Steaks *asado* nach wie vor die besten der Welt sind. Allerdings sollte man darauf achten, dass man es *al punto* bestellt, sonst wird es durchgebraten.

Bife de Lomo, das Lendenbratensteak, wird häufig längs geschnitten, und auf der *Parrilla*, dem argentinischen Grill, zubereitet.

Juan erklärt uns weiter, was für die Deutschen die Bratwurst ist, ist für Argentinier die *Chorizo*.

Legt man die *Chorizo* nach dem Grillen in ein Brot, so wird dies als *Choripan* bezeichnet, also Wurst und Brot oder Wurstbrot.

Die typische argentinische Soße *Chimichurri* bereitet den Unterschied. Als Variante gibt es *Morcipan*, die mit Blutwurst angereichert ist. Vaciopan wird mit ganz dünnem Steak anstatt Wurst serviert und *Bondiola* ist die gegrillte

Fast Food Version mit einem relativ fettigem Nackensteak vom Schwein.

Zahlreiche große Weinkellereien füllen die Weinkarte mit Cuvees und Provenienzen, Rebsorten und verschiedener Jahrgänge.

Die gängigsten angebotenen Weine sind *Cabernet Sauvignon, Malbec* und *Syrah*. Vereinzelt werden auch Weine wie *Tannat* oder *Bonarda* angeboten. Fast alle Weine kommen aus den Provinzen *Mendoza, San Juan* oder *Salta*.

Juan scheint ein wahrer Genussmensch zu sein.

Die schönsten Sehenswürdigkeiten von Buenos Aires sind der Friedhof *Recoleta*, der Obelisk auf der breitesten Straße der Welt, der *Avenida 9 de Julio*, die *Plaza General San Martin* im Stadtteil *Retiro*, die *Florida*-Straße, mit den vielen Einkaufsmöglichkeiten, das alte Hafenviertel *Puerto Madero* mit den restaurierten Speichern, der Stadtteil *San Telmo* mit seinen malerischen Straßen und dem Antiquitätenmarkt. Und letztlich das Künstlerviertel *La Boca*. welches für seine farbenprächtigen Hausfassaden bekannt ist und als Geburtsort des Tango gilt.

Juan genießt es zusammen mit seiner Frau Rosita jeden Sonntag auf dem *Dorrego Platz* in *San Telmo* Tango zu tanzen. Ein besonderer Höhepunkt für alle Tango-Tänzer sei der 11. Dezember. Ganz Buenos Aires feiert dann den Tango-Day.

***

Die Stadt beeindruckt uns gewaltig.

Juan ist ein wirklich guter Stadtführer.

Geschickt steuert er seinen Wagen durch das unmögliche Verkehrschaos. Mal rechts, dann wieder links an stehenden Autoschlangen vor. Dabei gestikuliert er mit beiden Händen, damit wir auch wirklich alle markanten Punkte in Augenschein nehmen.

Wir, Gordon, Tanya und ich schauen nur noch mit verrenkten Köpfen aus dem Wagen. Oh, und ah, schau nur, sind die Kommentare, bis wir nach geschlagenen 5 Stunden etwas abseits des Trubels anhalten. Inzwischen ist es dunkel geworden

»Heute Abend seid ihr meine Gäste. Ich habe mir erlaubt einen Tisch im *Cabana Las Lilas* in *Puerto Madero* zu reservieren. Einverstanden?«

Wir stimmen alle der Einladung zu. Es wird uns bestimmt gut tun, nach den dürftigen Snacks im Flugzeug etwas anständiges zu essen.

Das Restaurant entpuppt sich als ein exquisites Steakhaus mit toller Auswahl an Fleisch. Leider hat die Tischreservierung versagt und wir müssen eine dreiviertel Stunde auf einen Tisch warten. Uns wird die Zeit mit einem Glas Prosecco, Nüssen und *Empanadas* versüßt.

Schon das in den Argentinischen Restaurants typische Gedeck gefällt mir. Knuspriges, frisches Brot, etwas Lachs, Chimichurri, Mozzarella, Tomaten und ganz zu schweigen vom Fleisch. Obligatorisch sind Kartoffeln in diversen Varianten. Es reißt mich förmlich vom Hocker.

Das Personal ist sehr aufmerksam, freundlich und entgegenkommend, hilft uns bei der Auswahl der Speisen und Getränke.

Juan scheint hier Stammgast zu sein. Er wird auffallend oft nach etwas gefragt, was er wohlwollend mit einem Kopfnicken bestätigt.

Das Ambiente stimmt.

Schon im Eingangsbereich lagern überall Weinflaschen. Auf dem Weg zum Tisch verliere ich den Überblick vor lauter Wein und Fleisch auf dem Grill, der hinter einer großen Glasscheibe steht.

Das Essen mundet uns allen vorzüglich.

Der Rotwein, den uns Juan als seine beste Empfehlung anbietet, zeigt schon nach einigen wenigen Zügen bei uns

Frauen erste Wirkung. Wir werden noch redseliger als wir es sowieso schon sind.

Vor allen Dingen möchte Tanya mehr über Juans und Rositas Leidenschaft, dem Tango-Tanz, erfahren.

Gordon greift letztlich ein: »Warte doch mal ab, meine Liebe. Dir werden bald deine Füße vom Tango tanzen wehtun, nicht wahr Juan?«

»Nur noch einmal schlafen«, Juan behandelt Tanya wie ein kleines Kind, »dann machen wir *La Boca* unsicher. Heute habe ich euch das Künstlerviertel lediglich im Durchfahren kurz zeigen können, doch morgen Nachmittag werden wir uns das ein oder andere Lokal näher ansehen. Versprochen ist versprochen.«

Es ist schrecklich spät geworden. Argentinien und besonders Buenos Aires wird von Nachtschwärmern belebt. Juan bestellt ein Taxi, welches uns nach *Recoleta* ins Hotel und ihn anschließend nach Hause fährt.

Zum zweiten Mal fallen wir erst morgens todmüde ins Bett. Jetzt heißt es den Rotweinrausch ausschlafen und den noch nicht verschmerzten Jetlag gleich mit.

Gerade als ich mich ins Bett legen will, klingelt das Telefon. Genervt hebe ich ab. In mäßigem Englisch gibt der Concierge mir zu verstehen, dass mich jemand jetzt und gleich besuchen möchte.

Ich bin irritiert und kann keinen klaren Gedanken fassen.

Tanya käme, wenn was wichtiges wäre, ohne Voranmeldung mit lautem Klopfen an die Tür zu mir, zumal das Zimmer nebenan liegt.

Einen Callboy habe ich auch nicht bestellt und erst recht nicht nötig.

Wer in aller Welt will um diese Zeit zu mir ins Hotelzimmer?

Eilig streife ich den hoteleigenen Bademantel über, kämme mir mit den Fingern noch auf die Schnelle durchs Haar und warte auf das Klingeln an der Tür. Drei Minuten später schellt es dezent.

Ich zurre den Bademantel noch etwas enger um die Hüfte: »Uno Memento.«

Dann öffne ich mit einem mulmigem Gefühl zaghaft die Tür, nur einen kleinen Spalt.

Schon steckt der rechte Fuß des Besuchers in der Tür. Ich kann sie nicht mehr zuschlagen.

Mein Blick geht erst auf den Schuh. Dann nach oben. Ich lasse die Tür, die ich bis eben noch fest gehalten habe, los. Vor mir steht mein eigener Ehemann wie er leibt und lebt.

»Jetzt bist du sprachlos. Ich bin es doch, oder erwartest du etwa fremden Männerbesuch?« überfällt mich Hubert.

»Wie kommst du hierher? Ich weiß, das ist eine blöde Frage. Besser, wieso fliegst du mir hinterher? Jetzt komm erst mal ins Zimmer, sonst werden die anderen Gäste wach, neugierig oder ‚denken Gott weiß was.«

Wir begrüßen uns nun richtig.

»Ich habe nur auf Tanyas Anweisung gehandelt,« beginnt mein Göttergatte zu berichten.

»Tanya hat mir das Flugticket besorgt. Es sollte eine Überraschung für dich sein.«

»Die ist dir auch gelungen.«

»Ja. Das war pure Absicht. Ich wollte doch auch so gerne Buenos Aires sehen. Doch ihr habt beide nur an euch gedacht, als ihr diesen Urlaub ausgeheckt habt. Ich bekam gar keine Chance, mich daran zu beteiligen. Dies habe ich irgendwann deiner besten Freundin erzählt. Du kennst ja Tanya. Sie hat direkt reagiert und mich gebeten nachzukommen, und für mich den Flug gebucht. Nur eben einen Tag später als ihr beide. Jetzt bin ich froh hier bei dir zu sein und möchte erst einmal schlafen, später sehen wir weiter. Was steht eigentlich auf dem Plan für morgen oder besser für heute?«

Er zieht sich aus. Im Bett kuschelt er sich ganz eng an mich. Ich genieße die wohlige Wärme, den gewohnten Duft seines Körpers. Eigentlich wäre es gut, wenn wir uns eine Mütze Schlaf gönnen würden, doch erst muss ich Hubert noch die letzten Neuigkeiten erzählen.

Von Tanyas neuem Freund, von Tonyas Schwangerschaft und letztlich von der geplanten Hochzeit.
  Es klingelt und klopft wieder an der Tür. Dieses Mal ist es Tanya, die dazu auch noch ruft:
  »Jula, wach doch endlich auf. Es ist Zeit, dass du aus den Federn kommst.«

Panisch springe ich aus dem Bett.
  Renne noch im Nachthemd zur Tür und gewähre ihr Einlass. Tanya steht mit Gordon an der Hand im Zimmer und begrüßt Hubert, der sich sich im Bett gerade erst aufsetzt.
  Tanya schmettert gleich los.
  »Hallo Hubert, schön, dass alles gut geklappt hat. Hatte dein Flieger auch eine große Verspätung wie der unsrige? Übrigens, dieser Mann an meiner Seite ist *Gordon Thaler*.

Jula hat dir bestimmt schon von meiner Beichte und unserem Vorhaben berichtet?«

Zu Wort kommen weder Hubert noch ich. Gordon reicht Hubert die Hand und sagt leise zu ihm:

»Ich bin Gordon, wir sagen »Du« zueinander und nimm' uns das forsche Auftreten nicht übel. Es ist bereits nach 14 Uhr, Juan mein argentinischer Freund möchte uns heute Nachmittag *La Boca* zeigen.«

»Wir waren heute morgen schon mit ihm auf dem Standesamt um unsere Papiere abzugeben.«

»Was, so spät ist es schon. Jetzt machen wir uns ganz schnell fertig. Treffen wir uns in einer viertel Stunde unten im Foyer?« schlage ich den beiden Verliebten vor, während ich sie aus der Tür schiebe. In Windeseile ziehen wir uns sommerlich an. Draußen sind es fast dreißig Grad. In Deutschland haben wir zwar auch keinen ausgeprägten Winter mit Eiseskälte, dennoch ist es für den Körper eine ziemliche Umstellung, die ich bereits gestern schon erfahren durfte.

Auf ein großes Mahl müssen wir beide verzichten. Zeit bleibt nur für einen Espresso während wir in der Hotelhalle auf Juan warten. Hubert und Gordon nutzen die Wartezeit um sich näher kennen zu lernen. Sie stehen zusammen an der Bar, jeder rührt in seiner Tasse. Es scheint ein gutes Gespräch zu sein, man kann nur einzelne Wortfetzen aufschnappen und sonores leises Lachen hören.

Tanya und ich sitzen mit unserem Kaffee in den weichen Ledersesseln. Wir tuscheln über die Männer. Tanya gibt sich wie ein Teenager im Liebesrausch. Sie wirkt heute sehr viel jünger als sonst.

Der kleine runde Strohhut mit dem bunten Blumenband muss neu sein. Den hat ihr bestimmt Gordon heute Vormittag gekauft. Ich finde, alles passt gut zu ihr, der Mann und der Hut. Auch Herr Thaler trägt eine Kopfbedeckung, einen hellen Panama-Hut. Ich werde bei der nächsten Gelegenheit meinem Mann einen ähnlichen kaufen, fasse ich den Entschluss.

Juan kommt in die Halle gestürzt und winkt, dass wir schnell kommen sollen. Dieses Mal hat er einen kleinen Bus mit neun Sitzplätzen organisiert.

Wir steigen in den klimatisierten Wagen.

Unsere Männer nehmen auf der hinteren Sitzbank Platz, wir Frauen sitzen in unseren Sommerkleidern auf schäbigem Leder der mittleren Bank. Wir fühlen uns nicht besonders wohl dabei, können aber an der Situation im Moment nichts ändern. Wir ziehen die Kleider so weit es möglich ist, nach unten, damit wir den Kontakt der nackten Oberschenkel auf den unschönen Sitzen vermeiden.

Juan fährt diese Tour nicht selbst, sondern hat einen guten Freund gebeten sich und seinen Wagen zur Verfügung zu stellen. Ferner werden wir auch noch Rosita unterwegs treffen. Sie wird uns begleiten.

Tanya und ich sind begeistert, zumal Juan am Abend zuvor, so von seiner Frau geschwärmt hat.

»Wohin geht die Fahrt?« frage ich ganz zart um mich von dem unbehaglichen Sitz abzulenken.

»Nach *La Boca* in das alte Hafenviertel.

Hier entstand einst der Tango. Mit ihm wird das große Geschäft gemacht. Vor den Restaurants tanzen Paare, Bandoneonspieler warten auf Trinkgelder, in den Souvenirläden wimmelt es von Bildern des Tango-Stars *Carlos Gardel*,« verrät uns Juan.

Gordon räuspert sich im Fond: »Und dort, meine liebe Tanya habe ich …..«

»Du willst mit mir Tango tanzen? Stimmt' s?« fragt die Angesprochene.

»Auch, ach warte doch besser ab. Es soll eine Überraschung sein.« kontert er. Juan bestätigt dies. Was haben die beiden Detektive ausgeheckt?

Tanya und ich tuscheln leise. Warum treffen wir Rosita? Können wir die Frau überhaupt verstehen. Spricht sie etwa deutsch oder zumindest englisch?

***

Die *Boca* ist die Mündung des *Riachuelo* in den *Rio de la Plata*. Das Künstlerviertel *La Boca* wird durch den *Lezama* Park vom Stadtteil *San Telmo* getrennt.

Dieses pittoreske Hafenviertel zählt zu einer der Hauptattraktionen in Buenos Aires.

Die Gegend wurde in der ersten Hälfte des 19. Jahrhunderts vor allem landwirtschaftlich genutzt. Durch den Ausbau des Hafens wurden Lagerhäuser und Pökelfabriken für Fleisch errichtet. Immigranten, vor allem aus dem italienischen Genua, ließen sich hier nieder. Charakteristisch für den Baustil sind Häuser aus Ziegelsteinen, Holz und Wellblech, die um kleine Höfe oder Grünflächen angelegt und später mit leuchtenden Farben angemalt wurden. Die bunten Häuserwände sowie viele Fischrestaurants locken die Touristen an.

Die Bürgersteige sind wegen der jährlichen Überschwemmungen oft 40- 50cm hoch, etliche Häuser stehen auf Pfählen.

In dieser Gegend begann die Fußball-Karriere von *Diego Maradonna*, der für den Club *Boca junior* spielte. Seine zweite Heimat wurde das »steile« Stadion, welche umgangsprachlich als *Bonboniere – Pralinenschachtel* bezeichnet wird.

Die *Avenida de Mendoza* führt am stinkenden *Riachuelo* samt einigen Schiffswracken vorbei.

Von dieser Avenida zweigt der *Caminito* ab.

Sie ist ein winziges Gäßchen, in der Skulpturen wie in einem Freiluftmuseum ausgestellt sind.

Hier werden Bilder von einheimischen Künstlern, insbesondere von dem bekannten argentinischen Maler *Benito Quinquela Martin* mit Motiven der Häuserfronten und Tango tanzenden Paaren angeboten. Die Nebenstraße *Necochea* ist für ihre vielen Kneipen bekannt. Abends wird hier oft das Menü an langen Tischen im Freien serviert.

***

Wie verabredet wartet Rosita auf der großen *Avenida 9 de Julio* auf uns. Flink springt sie in den Wagen, haucht ihrem Gatten einen Kuss auf die Wange, erst dann begrüßt sie uns mit einem freundlichen *Buenos dias*. Hände werden so schnell geschüttelt, wie sich unser Fahrer wieder in den fließenden Verkehr einreiht.

Rosita ist sehr gepflegt, hat lange schwarze Haare, welche sie zu einem Pferdeschwanz zusammen gebunden hat. Ihr

Gesicht verrät eine spanische Herkunft. Sie trägt wie wir, ein sommerliches Kleid mit großem Blumenmotiv und wehendem weitem Saum. Ihre Füße stecken in schwarz hohen Stilettos. In verständlichem Deutsch stellt sie sich selbst als Juans Ehefrau vor.

Die Fahrt geht in dem dichten Nachmittagsverkehr nur sehr zögerlich voran. Juan unterhält uns mit kleinen Anekdoten aus dem Leben eines Privatdetektivs. Tanya, Hubert und ich sind von den Schilderungen gefesselt. Gordon und

Rosita hingegen scheinen die Ausführungen nicht wirklich zu interessieren. Oder sind es für die beiden bereits Alltagsgeschichten?

Ich wage nicht danach zu fragen.

Dank Klimaanlage ist die Hitze gut erträglich. Nach gut anderthalben Stunde sind wir endlich am Ziel.

»Dies ist das *Torquato Tasso*, in *La Boca*.«

Juan zeigt mit einem stolzen breiten Lächeln auf die gegenüberliegende Straßenseite.

***

Das *Torquato Tasso* ist ein hübsches Lokal mit hellem Anstrich, nach außen geöffneten Fenstern, einer überaus breiten Eingangstür und bietet jede Menge Sitzgelegenheiten drinnen und draußen.

Wir steigen aus und nehmen an dem einzigen, noch freien großen runden Tisch Platz.

Tanya und ich genießen es, versteckt hinter übergroßen Sonnenbrillen, das rege Treiben auf der Straße zu beobachten. Wir vergessen fast, uns hier und da an der Konversation bei Tisch zu beteiligen.

Für die gesamte Runde wird erst einmal ein kühles Mineralwasser von Gordon geordert.

Die Tischgespräche der anderen Gäste und der Autolärm, der zwar sehr langsam fahrenden Fahrzeuge, werden auf einmal von den rhythmischen Klängen einer Tango-Melodie übertönt.

Spontan stehen gleich zwei uns gegenüber sitzende Paare auf

und beginnen zu tanzen. Ich bin total begeistert und fühle mich, wie sehr selten – zur richtigen Zeit am richtigen Ort.

Juan fordert seine Frau auf mit ihm zur Tanzfläche auf den überbreiten Bürgersteig zu gehen. Passanten, in diesem Fall sind es eindeutig Touristen, bleiben mit gezückten Fotoapparaten stehen. Der beherrschende Tanz zieht jegliche Aufmerksamkeit auf sich. Die Tanzfläche ist in ihrer Größe beschränkt, sodass nach kurzer Zeit die ersten Paare anderen Tanz willigen, Platz machen.

Nun zeigen Tanya und Gorden ihre Tanzeinlage.

Auf einmal sind sie alleine auf dem Bürgersteig. Alle anderen Tänzer haben sich zurückgezogen.

Es herrscht eine ganz eigenartige Atmosphäre, die ich nicht beschreiben kann. Die Musik wird live gespielt.

Alle Blicke sind nun auf die beiden gerichtet.

Hubert stößt mich mit dem Fuß an, während er gleichzeitig mit dem Kopf in die Ecke zeigt.

Dort sitzt ein Bandoneon- Spieler über sein Instrument geneigt. Auf sein Lied konzentriert, hat er den Kopf gesenkt, den hellen Strohhut tief bis unter die Augenbrauen gezogen und wippt mit den Füßen den Takt.

Ist er ein Straßenmusikant, der gleich den Hut kreisen lässt oder ist er von dem Lokal ein als Unterhalter und Animateur bestellter Künstler? Für einen Bettelmusikant wirkt er zu gepflegt. Seine Kopfbedeckung, das blaue kurzärmelige Hemd, die Leinenhose und die sandfarbenen Mokassins lassen ihn eher als angestellten Animateur erscheinen.

Die Lieder, die er von sich gibt, sind bekannte Tangos, die auch uns, Hubert und mir, gut gefallen, obwohl wir keine Tango-Tänzer sind.

***

Das Bandoneon bestimmt den Klang des Tangos.

Es ist ein Musikinstrument, das dem Akkordeon ähnelt und seinen Ursprung in Deutschland hat. 1845 wurde es im Erzgebirge von *Carl Zimmermann* aus Carlsfeld entwickelt und erstmals auf der Londoner Industrieausstellung 1851 vorgestellt. Es ersetzte bald schon wegen seiner Leichtigkeit die sonst eher schwerfällige Orgel bei Beerdigungen und Straßenumzügen. Namensgeber des weltweit bekannten Bandoneon ist der aus Krefeld stammende Musikalienhändler *Heinrich Band*.(1805-1888). Er benannte das Instrument nach sich, um es von den vielen anderen *Concertina*s zu unterscheiden.

Er nahm Veränderungen der Anordnung einiger Töne vor, jedoch nicht die grundlegende Mechanik.

Band selbst hat das gute Stück nie selber hergestellt, sondern lediglich vertrieben.

In Argentinien bezeichnet man das Musikinstrument auch als *Bandola* oder *Fueye*.

Alfred Arnold begann 1864 mit der ersten industriellen Herstellung des Musikinstrumentes. Später stellten auch die Firmen Hohner, Mainer & Herold die Instrumente her, die bei den argentinischen Spielern besonders beliebt sind. Nachbauten gab es sowohl in Brasilien, Italien und Japan.

Um die Ankunft des Musikinstrumentes in Argentinien

gibt es viele Geschichten, doch eines ist sicher, dass es gegen 1870 durch deutsche Einwanderer den Hafen von Buenos Aires erreichte. Es gab bis dahin weder die Tradition noch eine eigene Geschichte über das Bandoneon. Erst als Ton angebendes Instrument des Tangos begann seine Karriere.

Inzwischen ist es Argentiniens Nationalinstrument, dessen Klang durch Luft erzeugt wird. Es ist tragbar, besitzt Knöpfe und wird durch zwei Holzkassetten betrieben. In deren Innern werden durch freischwingende Metallzungen der Ton erzeugt.

Es gibt Instrumente mit 38 Knöpfen auf der rechten Diskantseite und 33 auf der linken Bassseite. Insgesamt kann es bis zu 142 Stimmen haben.

Die Farben des Bandoneon variieren von schwarz, braun, gelb bis weiß. Die Kassetten sehen unterschiedlich aus, von spitzem Scheitel bis zu abgerundeten Ecken und hübschen Einlegearbeiten aus Perlmutt.

Jede Taste gibt einen Ton ab, so dass man für einen Akkord mehrere Tasten gleichzeitig drücken muss. Der Klang ist sauber und mit großer Ausdehnung, welcher bei Soloeinlagen eines Tangoorchesters sehr geschätzt wird.

Die Finger gleiten über die Knöpfe, kraftvoll wird die Harmonika auseinandergezogen, sodass sie sich mit Luft füllt.

Mit der Zeit wird das Leder rissig, die Stimmzungen nutzen sich ab, Knöpfe gehen kaputt.

Viele dieser Einzelteile werden in mühsamer Handarbeit wiederhergestellt, selten gibt es passende Ersatzteile, da kaum noch Instrumente auf dem Markt zu haben sind. Einige wenige Handwerker in Buenos Aires sehen es als ihre Passion an, kleine Stückzahlen in Handarbeit anzufertigen. Aus diesem Grund werden die Teile auch mit einem sehr hohen Preis gehandelt.

In Europa und Deutschland wurde das Bandoneon allmählich durch das einfacher spielbare Akkordeon verdrängt. Es erzeugt dasselbe Hörgefühl wie der Bandoneontyp mit seinen schwingendem, vollen Ton. Es ist schwer erlernbar, diese wechseltönigen Instrumente nach Noten zu spielen. Außerdem wird es heutzutage nicht mehr umgehängt, sondern wie ein Akkordeon auf den Knien gehalten.

Die Südamerikaner bevorzugen einen Instrumententyp mit 142 Tönen, die scharf bis sanft, schwermütig und mysteriös zugleich erklingen. Dabei werden das Klappern der Tasten und die Luftgeräusche gern gesehen.

Meist sind sie organisch im Spiel integriert. Diese argentinische Spielweise wurde in Europa für den typischen Tango übernommen.

***

Unermüdlich greift der Bandoneon-Spieler in die Tasten. Er steigert sich immer mehr in den Spielfluss bis er abrupt aufhört, sich erhebt, verneigt und zu uns an den Tisch kommt.

Kennt er Juan und Rosita?

Die Sonne blendet mich, ich kann das Gesicht des Mannes immer noch nicht sehen. In der Tat, Juan und Rosita werden von ihm per Handschlag und mit, für mich unverständlichen spanischen Worten begrüßt. Dann wendet er sich den weiteren Gästen am Tisch zu.

Warum?

Gordon steht auf, reißt fast den Stuhl mit und begrüßt den Musiker mit den Worten:

»Wunderbar haben Sie gespielt. Ich bin ganz begeistert und werde Sie nun meinen Freunden aus Deutschland vorstellen.«

Der Bandoneonspieler nickt, nimmt den Hut vom Kopf und antwortet:

»Ich bitte darum Herr Thaler.«

»Wieso kennt Gordon diesen Musikanten?« fragt mich Hubert im Flüsterton. Ich zucke ahnungslos die Schultern und schaue dabei mit zusammen- gekniffenen Augen über meine Sonnenbrille.

»Ich freue mich euch zu sehen. Ja, schaut mich nur richtig an, Tanya und Jula!« spricht er in akzentfreiem Deutsch.

»Es sind mehr als dreißig Jahre vergangen, dass wir uns das letzte Mal gesehen haben. Es ist Herrn Thalers und Juans Spürsinn zu verdanken, dass wir uns nach so vielen Jahren hier in Buenos Aires wiedersehen.«

»Nein, das kann ich nicht glauben,« schreit Tanya während sie auf den Mann zustürmt. Dieser legt vorsichtig sein Bandoneon auf einen gerade frei gewordenen Stuhl ab.

Sie liegen sich in den Armen und küssen sich freundschaftlich auf beide Wangen. Ich stehe auch auf, halte mich aber vor solch einer Begrüßung zurück. Stattdessen drückt er mir beide Hände sehr fest und deutet einen Handkuss an. Hubert kassiert einen Händedruck ohne Worte.

Es ist Tanya, die die Sprache wieder findet:

»Das letzte Mal habe ich dich auf meiner Hochzeit mit Torsten Thiel gesehen. 1981 war das, als du mit deiner Band live gespielt hast. Torsten hatte dich hinter meinem Rücken engagiert. Wir tanzten nach alter Tradition Tango. Weißt du noch, Carlos?«

»Ja klar, das war eine schöne Hochzeit, aber wie Herr Thaler und Juan bereits erzählt haben, hat eure Ehe nicht lange gehalten. Schade, ihr wart so ein schönes Paar.«

»Gordon, hast du dieses Treffen eingefädelt? Dies ist also kein Zufall, dass wir ausgerechnet hier in Buenos Aires Carlos Pintos, unseren ehemaligen Lehrer, treffen?« ‚stelle ich endlich die Frage, die nicht nur mich alleine beschäftigt, sondern auch Tanya und Hubert.

»Nein, es ist durchaus kein Zufall. Eigentlich habe ich in Tanyas Interesse gehandelt, beziehungsweise recherchiert. Es ist doch auch sonst mein Job, im Privatleben anderer Leute zu schnüffeln. In diesem Fall geht es auch darum, ein von meiner künftigen Ehefrau, lang gehütetes Geheimnis ans Licht zu bringen.«

»Jetzt werde ich aber neugierig, was habe ich mit Tanya zu tun, außer dass ich ihr Lehrer und Musikant war?«, fragt Carlos ganz ungeniert in die Runde.

Gordon hat über seinen argentinischen Kollegen den Aufenthaltsort von Carlos ausfindig gemacht. Ferner hat er persönlich den Mann schon einmal getroffen, sonst hätten sie sich nicht so herzlich begrüßt. Mehr, als das heutige Treffen, habe man aber nicht verhandelt.

»Ganz viel hast du mit mir zu tun, nur weißt du es noch nicht. Bist du eigentlich verheiratet, hast du Kinder, oder sogar Enkelkinder. Wie bist du überhaupt nach Argentinien gekommen?« fragt Tanya etwas zu spitz und schrill.

Carlos sitzt inzwischen neben Tanya und mir.

Er sieht für sein Alter, ich überschlage es mit Ende sechzig, wesentlich jünger aus. Das graue Haar trägt er lang, im Nacken zum Knoten gebunden, dazu ist er glatt rasiert, sodass der dunkle Teint noch besser zur Geltung kommt.

»Nun, es scheint hier eine wirklich ernste Angelegenheit zu sein, weshalb du mich so direkt fragst?«

»Ja, das ist es, aber dazu später. Wir haben doch noch etwas Zeit?« erwidert Tanya. Alle am Tisch hüllen sich in Schweigen, schauen im Wechsel nur noch Tanya und Carlos an.

Für Rosita und Juan ist es etwas anstrengend unserem Dialekt zu folgen; man sieht es in ihren Augen.

»Wir haben noch Zeit bis in meinem Lokal die Abendvorstellung beginnt. Das *Torquato Tasso* wird ab 22 Uhr zur Melonga – Bar. Dann muss ich mit meinem Quartett die Musik für die Tänzer spielen. Der Laden hier gehört meiner Frau und mir.

Wir haben ihn 1988, also fünf Jahre nach meiner Einwanderung, von Marias Onkel geerbt. Das *Torquato Tasso* ist eine sehr bekannte und gute Adresse mit langer Tradition. Maria und ich sind glücklich sie weiterführen und davon leben zu können.«

»Was hat dich hierher verschlagen?« will Tanya wissen.

»Schlicht und einfach gesagt, mein Lehramt an der Pestalozzi Privatschule, hier in Buenos Aires.

Ich hatte mich auf eine Stellenausschreibung als Sport-, Musik-, und Kunstlehrer beworben.

Sie haben mich genommen.

Ich war damals noch jung und ungebunden, das heißt, ich hatte keine Familie, nur eine Freundin.

Ich wollte die Welt kennenlernen.

Ich wollte Bandoneon spielen, wie es mich mein spanischer Großvater einst gelehrt hatte.

Außerdem war ich durch meine iberischen Wurzeln der Sprache mächtig. So konnte ich ohne große Mühe mit dem Unterricht beginnen. In der Schule lernte ich Maria kennen und lieben. Sie unterrichtete wie ich an der Schule, Deutsch und Spanisch.

1987 haben wir geheiratet. Kinder haben wir leider nicht. Als Marias Onkel Fernando Domez seiner einzigen Nichte die Melonga vererbte, haben wir nicht lange gezögert und unseren Schuldienst quittiert. Jetzt wisst ihr Bescheid. In Deutschland hat mich nichts und niemand gehalten, keine Familie, keine Eltern, keine Geschwister.«

» Ja das stimmt. Ich habe alles recherchiert. Es hat viel Zeit und Mühe gekostet, die Fährte von Carlos Pintos aufzunehmen.« erklärt Gordon mit einem Kopfnicken zu Juan.

»Aber warum habt ihr mich überhaupt gesucht?«

»Ja, das möchte ich nun auch gerne wissen, meine liebe Tanya,« fauche ich sie etwas forsch an »warum schleppst du mich und Hubert mit hierher. Die bevorstehende Hochzeit wird es wohl nicht alleine sein. Was habe ich hier mit Pintos zu tun?«

Die gute Stimmung ist durch mein Verhalten etwas angeschlagen. In meinem Tonfall ist die noch immer während Abneigung zu Carlos deutlich zu hören.

»Bitte beruhige dich, Jula, mein Geheimnis hat auch im

weitesten Sinn mit dir zu tun, aber nun der Reihe nach. Wie ihr nun schon wisst, werden Gordon und ich hier in Buenos Aires heiraten.

Seinem Ehemann sollte man sein ganzes bislang gelebtes Leben in jeglichen Einzelheiten erzählen. Das habe ich getan, soweit mir dies möglich war. Jula, du bist meine allerbeste Freundin, der ich mich immer anvertraue, doch eine Tatsache habe ich dir all die Jahre verschwiegen. Nur Herbert und Gordon waren beziehungsweise sind eingeweiht.«

Tanya spricht leise. Nur Gordon, Carlos und ich verstehen ihre Worte. Die Geräuschkulisse der anderen Gäste und der Straßenlärm unterbrechen die Gespräche immer wieder.

Juan und Rosita fühlen sich merklich unwohl.

Ich habe das Gefühl, dass sie sich gerne von uns trennen möchten, wissen aber nicht genau wie. Carlos wirkt auch angespannt im Vergleich zu Beginn der Unterhaltung. Schließlich macht er den Vorschlag bei einem Glas Rotwein im hinteren Teil seines Lokals weiter zu reden. Für das argentinische Ehepaar ist dies die Gelegenheit, sich loszureißen.

Wir vier folgen Carlos in das Allerheiligste.

Drinnen ist es wesentlich angenehmer, nicht so laut und vor allen Dingen, kühler.

Der Raum ist groß, hell und bietet viel Platz für Tische, Stühle und Tanzfläche. An den Wänden hängen riesige Gemälde von tanzenden Paaren, Bandoneon-Spielern und Porträts. Wahrscheinlich sind es namhafte Persönlichkeiten aus der Tango-Zeit. Carlos organisiert, während wir das Lokal bestaunen, den Rotwein.

Kaum am Tisch Platz genommen, füllt er die Gläser mit Wein aus der Karaffe. Maria bringt verschiedene Tapas. Der Hausherr nimmt an dem runden Tisch Platz. Dieses Mal zwischen Tanya und Gordon. Er fragt ohne Umschweife in die Runde:

»Wo waren wir vorhin stehen geblieben?

Tanya, du wolltest etwas erzählen. Ein Geheimnis? Und das hier in Buenos Aires bei mir? Wieso?

Warum hat Herr Thaler mich gesucht? Das verstehe ich im Moment nicht!«

»Ich auch nicht,« unterbreche ich ihn, »ich dachte, wir würden einige schöne Urlaubstage zu zweit hier in Buenos Aires verbringen, stattdessen eröffnest du mir täglich neue Tatsachen. Ich bin gespannt was jetzt kommt. Carlos, Sie bestimmt auch?«

»Jula, bitte sag' *du*, das S*ie* ist lange Zeit vorbei. Einverstanden?« fordert Carlos.

Mit einem Nicken akzeptiere ich zwar sein Angebot, werde mich aber mit einem direkten *Du* zurückhalten. Irgendwann bekomme ich die Gelegenheit, ihm meine deutliche Abneigung und den Grund dafür, unter die Nase zu reiben.

Tanya klatscht in die Hände.

Leise mit einem finsterer Miene beginnt sie mit den Worten:

»Die Stunde der Wahrheit ist gekommen. Ich habe fast fünfunddreißig Jahre euch beiden, Jula und Hubert, verschwiegen, dass ich zwar Tonyas Mutter bin, Torsten aber nicht der leibliche Vater. Ich wusste es selbst nicht. Zugegeben, wir haben geheiratet, weil ich schwanger war. Wir waren zu jung, unerfahren, aber verliebt, sodass der Himmel voller Geigen hing. Wir hatten damals von zuhause jegliche Unterstützung, vor allen Dingen von Torstens Eltern. Eigentlich waren wir eine kleine glückliche Familie nach der Geburt von Tonya. Es vergingen schöne Jahre; wir wollten noch ein zweites Kind. Doch leider wurde ich nicht mehr schwanger. Meine Frauenärztin fand keine Ursache. Ich war gesund und hätte durchaus noch Kinder bekommen können. Dann hat sich Torsten ohne mein Wissen einem Selbsttest unterzogen. Das Ergebnis war das Ende unserer Ehe. Er reichte kurzerhand die Scheidung ein, da er herausfand, dass Tonya unmöglich seine Tochter sein konnte. Für einen Mann ist es wohl die grausamste Erkenntnis zu erfahren, dass er keine Kinder zeugen kann. Wir haben uns im »Guten« getrennt. Wer der Vater meiner Tochter ist, habe ich bislang nur Herbert, meinem zweiten, leider inzwischen verstorbenen, Ehemann und Gordon erzählt. Jula, ich weiß, ich stecke in diesem Augenblick tief in deiner Schuld. Ich habe nichts gesagt, und du bist auch noch die Patentante von Tonya. Kannst du mir verzeihen?«

Sie erhält keine Antwort von mir, da es mir die Sprache verschlagen hat. Erst einmal herrscht Ruhe am Tisch. Jeder nimmt sein Glas in die Hand und spühlt das soeben Erfahrene runter. Dann ergreift unser Gastgeber das Wort:

»Tanya, was willst du damit sagen? Du erzählst diese Geschichte ausgerechnet hier und mir. Du hast mich durch Gordon und Juan ausfindig gemacht, um mir zu sagen …

Er bricht seinen Wortschwall ab. Schlägt sich mit der flachen Hand an die Stirn und stöhnt leise:

»Tanya, ist Tonya das Ergebnis unserer einzigen Nacht, damals in Köln auf der Abschlussfahrt?«

***

Die Klassenfahrt sollte für alle Abiturienten der krönende Abschluss werden. Man hatte sich gründlich darauf vorbereitet, Checklisten und Tagespläne geschmiedet. Man wollte den Kölner Dom, die Altstadt, das 4711 Museum besuchen und ein Grillabend am Rheinufer erleben. Als Unterkunft war die zu der damaligen Zeit angesagte Jugendherberge »Kleine Freiheit« in Köln-Deutz gebucht.

Zu dritt oder zu viert schlief man in einem Zimmer. Wochen zuvor wurde ausdiskutiert wer bei wem schläft. Da wir eine kleine überschaubare Gruppe von sechs Mädchen und sieben Jungen waren, stellte dies keine allzu große Anforderung. Die Anfahrt war für 9 Uhr geplant. Von Mittwoch bis einschließlich Samstag dauerte die Auszeit.

Überpünktlich warteten dreizehn Schüler und Schülerinnen mit zwei Lehrern an besagtem Mittwoch vor dem Gymnasium auf den gecharterten Kleinbus.

Torsten Thiel, Tanyas Freund konnte wegen einer akuten Blinddarmentzündung nicht an dem Ausflug teilnehmen. Beiden gefiel die Situation überhaupt nicht, konnten aber nichts daran ändern.

Als begleitende Lehrkörper hatten alle einstimmig den beliebten und recht jungen Carlos Pintos und die Referendarin Petra Scholler gewählt.

Schon auf der Hinfahrt nach Köln sorgte Pintos für gute Stimmung im Bus. Er hatte eine Gitarre, sein Bandoneon und eine Mundharmonika eingepackt. Klaus nahm sich der Gitarre an, Dieter der Mundharmonika. Das Bandoneon überließ man dem »Chief«, wie Carlos liebevoll von seinen Schülern genannt wurde. Alkohol und Zigaretten waren tabu. Es wurden aktuelle Hits mit vielen falschen Tönen gespielt. Niemand störte sich daran, selbst der Busfahrer hatte seinen Spaß, ganze fünf Tage lang. Am Nachmittag bezogen wir die Zimmer. Für eine Stadtbesichtigung war es zu spät. Also blieb man in der Jugendherberge und vergnügte sich mit Essen, Trinken, Tischfußball, Tischtennis und weiterer Musik bis um zweiundzwanzig Uhr allgemeine Nachtruhe anberaumt wurde. Tanya und ich hatten ein Etagenbett. Sie schlief oben, ich unten.

Am anderen Morgen ging es nach dem Frühstück direkt mit unserem Bus in die Kölner Innenstadt. Schnell bildeten sich kleine gemischte Grüppchen aus den Schülern. Carlos Pintos und Petra Scholler hatten ihre Mühe, uns Schüler wie eine Herde Schafe zusammen zu halten. Ständig wollte eine Truppe Reißaus nehmen um sich anderwärts zu vergnügen. Irgendwie schafften wir es doch vereint vor dem Dom auf der Treppe, zum Gruppenfoto Platz zu nehmen.

Pintos war der Fotograf. Das Foto sollte später als Titelbild unserer »Bierzeitung« dienen.

Frau Scholler bemühte sich uns etwas über die Geschichte des Kölner Domes zu vermitteln.

Der Dom ist das Wahrzeichen und der Mittelpunkt der Stadt. Nach dem Ulmer Münster galt er lange Zeit als die zweithöchste Kirche Deutschlands und das dritthöchstes Gotteshaus der Welt.

Unter frommen Katholiken zählt der Kölner Dom als wichtige Wallfahrtsstätte, schließlich liegen dort die Gebeine der *Heiligen Drei Könige.*

Doch auch hunderttausende Touristen und Kulturliebhaber statten der Kirche jährlich einen Besuch ab. Wir fügten uns dem Schicksal und ließen uns durch das Prachtgebäude führen. Einzelne von uns erklommen sogar die Türme.

Dann ging es in die Altstadt. Dies war eher unser Ziel gewesen. In der Altstadt gab es ein gemischtes Angebot an alteingesessenen Fachgeschäften zu finden. Kleider, Schuhe, Goldschmiedstätten, Musikgeschäfte, Antiquitätenhändler, Teestuben, Weinhandlungen und jede Menge Brauhäuser.

Man sollte wissen, dass im zweiten Weltkrieg ein Großteil der Kölner Altstadt zerstört wurde und danach in jahrelanger Arbeit wieder aufgebaut wurde. Heute ist nur noch ein Bruchteil der originalen Bauten erhalten geblieben, welche aber ihren besonderen Charme zur Schau stellen.

Beliebt und sehenswert sind die Stapelhäuser an der Uferpromenade, der Heumarkt und der alte Markt. Hier tobt das Leben. Zahlreiche Museen laden sowohl für Kunst als auch für Kultur Begeisterte ein.

Am zweiten Tag ging es wieder per Bus in die Innenstadt. In der Glockengasse ist das Stammhaus von *4711*. Die Duftnote war zwar bei unserer Generation nicht arg beliebt, dennoch war der Besuch lohnenswert. Schon der Geschichte wegen.

Der junge *Wilhelm Mülhens* und seine Braut bekamen an ihrem Hochzeitstag, dem 8. Oktober 1792 von einem Kartäusermönch eine Rezeptur für ein geheimnisvolles »Aqua mirabilis« geschenkt. Dies ist die Geburtsstunde für eine Erfolgsgeschichte, die den Namen der Stadt in aller Welt bekannt gemacht hat.

Während der französischen Besatzung schickten die Soldaten das Erzeugnis als Gruß unter der Bezeichnung *Eau de Cologne* in die Heimat. So verdankt das Duftwasser durch die Franzosen seinen Markenname 4711. Die Legende sagt, dass der französische Kommandant befohlen hatte, die Häuser am Dom beginnend durchzunummerieren. Das Haus der Glockengasse war die Nummer 4711. Zu dieser Zeit verkaufte der clevere *Mülhens* das Wässerchen als medizinisches Heilmittel. Erst 1810, nachdem die Franzosen die Rezeptur all seiner pharmazeutischen Produkte verlangte, deklarierte er seine Essenz als Duftwasser.

Mit diesem Imagewandel begann der weltweite Siegeszug des Parfüms. Heute wird das Produkt in über 60 Ländern angeboten.

Der Höhepunkt der Abschlussfahrt war der Grillabend am Rheinufer. Der Rheinboulevard ist heute wie damals ein Querschnitt durch das Leben der Domstadt.

Einmal am Rhein, und dann zu zwei'n alleine sein, wusste schon *Willi Ostermann*, *ist das Glück dieser Welt.*

Nirgendwo zeigt der Rhein so viele schöne Facetten auf engstem Raum. Schon die alten Römer schätzen die *Colonia* wegen ihrer strategisch wie landschaftlich idealen Lage am Rhein.

Wir waren nicht die einzigen. Alle fünfzig Meter fand

man kleine Gruppen um ein Lagerfeuer sitzend oder tanzend.

Den ganzen Tag über hatte die Sonne stark geschienen. Der Sand fühlte sich warm und recht trocken an, einladend sich einfach fallen zu lassen, um den Abend zu genießen. Unsere Klasse hatte die Musikinstrumente mitgenommen, Frau Scholler hatte Würstchen zum Grillen besorgt, und einige Jungs, trotz Verbot, auch Bier und Gin. Es wurde ein feuchtfröhlicher Abend bei dem sich auch das ein und andere Kuschelpärchen bildete.

Gedankenverloren, der Welt die Füße küssend, durchlebten wir alle eine schöne Nacht. Erst am frühen Morgen, manche schliefen bereits auf den mitgebrachten Handtüchern oder sonstigen Kleidungsstücken, drängten die Lehrer zum Aufbruch.

Beide hatten wohl auch genügend »Sprit« intus. Sie entzogen sich ihrer Verantwortung, schließlich hatten sie es nicht mehr mit Minderjährigen zu tun.

***

»Du triffst den Nagel auf den Kopf, Carlos, Tonya ist deine, beziehungsweise unsere Tochter. Dieses Geheimnis belastet mich so sehr, dass ich heute, nach so vielen Jahren reinen Tisch machen will. Bevor es irgendwann zu spät ist. Dank Gordons Detektivarbeit habe ich heute endlich Gelegenheit dir dies zu sagen. Bist du sehr überrascht?«

»Die Nachricht eine erwachsene Tochter zu haben, wirft mich, ehrlich gesagt, etwas aus der Bahn. Meine Frau und ich hätten gerne Kinder gehabt, aber leider …« Carlos schweigt und schaut unter sich. Nach einigen Sekunden der Besinnung wirft er seinen Kopf nach hinten und sagt: »Ich will alles über Tonya wissen. Hast du Bilder mit? Wie war sie als Kind, als Jugendliche, wie geht es ihr heute, was macht sie beruflich, gleicht sie mir oder dir?«

Carlos scheint auf einmal ganz aus dem Häuschen zu sein. Er sitzt mit funkelnden Augen da und streicht sich lässig eine graue Haarsträhne aus dem Gesicht. Seine Frau Maria steht hinter ihm und massiert ihm leicht den Nacken. Auch sie ist von der Neuigkeit zutiefst gerührt.

Tanya erzählt in freudigem Tonfall die ganze Lebensgeschichte ihrer Tochter.

Gespannt hängt das Ehepaar Pintos an ihren Lippen. Hubert, Gordon und ich sind ebenfalls für die ausgiebige Schilderung empfänglich. Gelegentlich nicke ich mit dem Kopf der Erzählung zustimmend.

Dann ergreift Gordon das Wort:

»Das schönste an der Geschichte ist, dass wir, Tanya, Carlos, Maria und ich nächstes Jahr Großeltern werden. Und das gleich im Doppelpack.. Tonya und Lars erwarten Zwillinge. Ist das nicht toll? Ich hatte nie eigene Kinder, bin aber so froh, nun eine komplette Familie heiraten zu dürfen. Dann ist endlich Leben im Haus. Wir werden doch die Kinder auch zum Sitten bekommen, Tanya?«

»Ich denke schon, wir werden das aber sehen und außerdem kannst du dich übermorgen Tonya schon mal als Babysitter anbieten. Lars und sie werden nach Buenos Aires kommen. Schließlich sind sie meine Familie, und die möchte ich unbedingt bei unserer Hochzeit dabei haben.« erklärt Tanya.

111

»Das ist ja eine tolle Neuigkeit, sie kommt hierher. Dann möchte ich sie unbedingt kennenlernen. Weiß sie, dass Torsten nicht ihr leiblicher Vater ist?«

Tanya schüttelt den Kopf: »Nein, das müssen wir ihr noch schonend beibringen. Ich sagte ja bereits, dass nur Herbert und Gordon über diesen Sachverhalt Bescheid wussten beziehungsweise wissen.«

»Ich habe eine Idee«, unterbricht Carlos Tanyas Wortschwall.
»Was hältst du davon, wenn wir beide unsere Tochter vom Flughafen abholen. Oder ist der Transfer schon gebucht? Erst stellst du mich als guten alten Bekannten vor und im Laufe der Unterhaltung, während der Fahrt ins Hotel, decken wir die Karten auf, oder habt ihr kein Hotel vorgesehen?«

»Ich habe für die beiden auch ein Zimmer im *Recoleta* gebucht. Das ist eine Superidee?« sagt Gordon in die Runde.
»Ja. Das finde ich auch. Hubert und ich gehen in der Zeit mal wieder shoppen, vielleicht finden wir ja noch etwas ...« antworte ich schnell und zwinkere, dem inzwischen lieb gewonnen neuen Freund zu. Er versteht mich. Nickt leicht mit dem Kopf und gibt meinem Mann einen kleinen Stups in die Rippen. Hubert schreckt auf, bestätigt meine Idee: »Klar machen wir, aber oh je, das kann unter Umständen teuer werden.«
»Wieso heiratet ihr eigentlich in Buenos Aires?« fragt Maria, die die ganze Zeit noch kein Wort gesprochen hat. »Ja, wieso eigentlich?« will nun auch Carlos wissen.
»Das geht hier relativ einfach ohne große Bürokratie. Au-

ßerdem verbinden wir mit dieser Reise über den großen Teich gleichzeitig unsere Hochzeitsreise. Zudem sind wir beide begeisterte Tango – Tänzer, wo ist man dem Tango näher als hier in Argentinien.« erklärt Tanya mit einem Lächeln im Gesicht.

»Dazu schleppt ihr gleich die ganze Familie und eure Freunde mit?«

»Na klar, wozu hat man die denn. Jula hat mich mein ganzes Leben als treue Freundin begleitet, wenn ich ihr auch nicht immer alles direkt gebeichtet habe. Hubert ebenso. Außerdem ist er für mich in den letzten Jahren immer der gute Helfer in der Not ...«

»Na, was das wohl heißen soll? Jetzt bin ich da.« wirft Gordon ein.

»Ihr habt euren Ehrentag gut vorbereitet und geplant. So scheint es mir. Wann, wo, wie und mit wie vielen Personen wollt ihr eigentlich feiern?« will Carlos wissen.

Im Duett antwortet das Brautpaar in stolzem Tonfall: »Am 11. Dezember, dem berüchtigten *Tango-Day*, der nur hier in Buenos Aires gefeiert wird.«

Gordon wird in der Ausführung genauer.

Um halb zwölf Uhr ist die Trauung im Rathaus der Stadt. Sein Freund Juan und hoffentlich auch Carlos sind die Trauzeugen. Nach der Vermählung wollen sie gemeinsam im *Recoleta* ausgiebig speisen und feiern, um sich dann zur fortgeschrittener Stunde dem Treiben des *Tango-Days* in den Straßen der Stadt hinzugeben. Vorausgesetzt, alle machen mit. Die Gäste seien Hubert, Jula, Carlos, Maria, Juan, Rosita, Tonya, Lars, Evelyn, Annette, Wolfgang, Harald, und ...« er wird von

Tanya unterbrochen: »Was die vier kommen auch? Können die zu dieser Zeit überhaupt weg aus *Emmelies Tanzlokal*?«

»Es ist alles organisiert, sie haben doch sehr fähiges Personal und sie kommen zusammen mit Lars und Tonya übermorgen hier an.« Tanya runzelt die Stirn, schaut Carlos und Gordon im Wechsel an bis sie schließlich fragt: »Dann müssen wir meine Schwestern und ihre Männer auch über Tonyas Vater aufklären. Oh Mann, wie soll ich das nur machen?

Die Idee, dass Carlos zusammen mit mir Lars und Tonya am Flughafen abholen, ist ja nicht schlecht, dass du gleich meine ganze Familie einfliegen lässt, finde ich zwar toll, aber recht kompliziert.«

»Mach dir bitte keine Sorgen, Liebes, ich glaube Annette und Evelyn sind immer für Überraschungen zu haben. Du wirst es sehen … und noch selbst sehr überrascht werden.«

Dem Abend folgt die Nacht. Stundenlang sitzen wir in gemütlicher Runde im *Torquato Tasso*. Erst, wie in Buenos Aires üblich, am frühen Morgen verabschieden wir uns voneinander. Carlos und Maria sind tolle Gastgeber und Geschichtenerzähler. Nun wissen wir Einzelheiten über ihr gemeinsames Leben, über die Menschen, die die beiden durchs Leben begleiten, über Macht und Kraft eines Bandoneonspielers und, dass man hier in Argentinien auch nicht einfacher lebt, als in unserer Heimat.

Ich finde keinen Schlaf, rolle mich hin und her. Meine Gedanken kreisen ständig um die Erzählungen am Abend und die bevorstehende Hochzeit von Tanya und Gordon. Auf eine merkwürdige Arte fühle ich mich wieder mal als allerbeste Freundin übergangen. Erst verheimlicht Tanya mir Carlos Vaterschaft, dann Gordon, den neuen Mann an ihrer Seite und wieso wollte sie unbedingt mit mir nach Argentinien fliegen? Warum nicht nur mit Gordon? Sie hätten hier still und heimlich heiraten können und wären als frisch gebackenes Ehepaar nach Deutschland zurück gekehrt. Eine große Feier würde sich bestimmt auch nachträglich arrangieren lassen.

Warum dieses große Heimlichtuerei?

Eigentlich habe ich mich auf einen richtigen Weiberurlaub gefreut. Klar, ich gönne Tanya den neuen Lebenspartner, frage mich aber, seit sie mir im Flugzeug diesen Gordon Thaler vorgestellt hat, was ich wirklich hier soll?

Im Grunde bin ich froh, dass Hubert unseren Frauentrip nicht ganz akzeptiert hat und kurzerhand nachgereist ist. Dies gibt mir die Bestätigung, dass er mich liebt und mich in der großen, weiten Welt weder verlieren noch alleine lassen will. Bisher haben wir unsere Urlaube stets gemeinsam verbracht. Das werden wir auch hier machen.

Dass Tanya und Carlos eine Nacht zusammen in Köln verbracht haben, geht mich zwar nichts an, ärgert mich aber doch, weil ich nichts davon mitbekommen habe. Wir haben doch gemeinsam mit Doro in einem Zimmer geschlafen. In dieser Sache werde ich Tanya irgendwann zur Rede stellen müssen. Eines ist für mich auf jeden Fall sicher: Carlos ist bis heute nur bedingt mein Freund. Ich werde schon noch die Chance bekommen, ihn auf sein taktloses Verhalten während des Sportunterrichts anzusprechen. Je nach dem, wie er reagiert, werde ich ihn weiterhin zurückhaltend oder kameradschaftlich behandeln.

Was hatte Tanya damals nur an ihm gefunden?

Hat sie das Geschehen vergessen, verdrängt oder gar nicht wahrgenommen? Danach will ich sie fragen.

Zu dem Thema: Gordon. Was ist das für ein Mann? Gut, ehrlich, er hat Niveau, ist loyal, redegewandt, fair, ein kleiner Frauenschwarm, der sich meine beste Freundin geangelt hat, und und und. Will er uns allen seine Fähigkeiten als gerissener Detektiv beweisen? Warum sonst hat er Carlos ausfindig gemacht, bestimmt nicht nur weil Tanya ihre Vergangenheit aufarbeiten will. Dies sind Fragen, die mich arg beschäftigen. Die Hochzeit mag gut und schön werden, aber wie hat er das organisiert? Hat Tanya mitgeholfen oder hat sie ihm alles Organisatorische alleine überlassen? Er hat auf jeden Fall die Schommers, Lars und Tonya, nach Buenos Aires beordert. Hat er auch alles bezahlt? Sie sind wohl schon länger in das Vorhaben der beiden involviert als ich. Das finde ich wirklich gemein von Tanya.

Gordon scheint Juan und Rosita schon länger zu kennen. Er wirkt sehr vertraut mit ihnen, auch in der Stadt fühlt sich Gordon nicht orientierungslos, eher als wenn er hier schon öfters war oder gar hier gelebt hat. Dies werde ich auch noch in Erfahrung bringen. Was meinte er mit

Du wirst es sehen ... und noch selbst sehr überrascht werden.

Was hat er vor?

***

»Du hast dich die ganze Nacht, oder zumindest, was von ihr übrig geblieben ist, hin und her gedreht und wirres Zeug geredet. »Was ist denn los?« will mein Mann am anderen Morgen wissen.

Er steht am geöffneten Fenster mit Blick auf den bekannten Friedhof. Die Sonne strahlt schon erbarmungslos. Der Himmel ist stahlblau und wolkenlos. Ich nehme dieses Szenario nur mit zusammengekniffenen Augen wahr. Alles ist mir zu viel. Mit leiser Stimme lasse ich Hubert wissen, dass er uns das Frühstück aufs Zimmer bringen lassen soll. Bei Tanya und Gordon soll er mich entschuldigen, ich benötige heute Vormittag eine Auszeit.

Hubert macht mir den idealen Vorschlag, den heutigen Tag ganz für uns alleine zu genießen. Erst mal in Ruhe ein Bad nehmen, dann frühstücken und später mit dem Taxi in die Avenida soundso fahren, wo wir bereits auf unserer Stadtrundfahrt einige Galerien entdeckt haben. Das ist eine tolle Idee. Hubert weiß einfach wie er mich mobilisieren kann und dass ich für Besuche in Ateliers und Gemäldeausstellungen immer zu haben bin.

Mit Tanya könnte ich dies unmöglich unternehmen.

Hier geht unser Sinn für Freizeitgestaltung gänzlich auseinander. Ich stelle fest: es ist schon ein gewaltiger Unterschied zwischen bester Freundin und eigenem Ehemann.

Tanya ist stocksauer auf mich.

Sie hätte es lieber gesehen, dass die Männer etwas gemeinsam unternehmen und wir beide uns um ein Brautkleid kümmern. Ich bleibe erst bei Huberts Vorschlag. Dann aber bin ich bereit, Tanya die Freude rund um die Einkaufstour nicht ganz zu vermiesen.

Die Boutiquen haben in Buenos Aires bis spät in die Abendstunden geöffnet. Somit verbinden wir die Galeriebesuche mit anschließendem Shopping. Hubert und Gordon setzen wir auf irgendeiner Plaza ab, und suchen ein Brautkleid für Tanya. Meine taktische Überlegung gefällt den dreien und ich habe somit gleichzeitig Gelegenheit Gordons Stadtkenntnisse zu prüfen.

Der Nachmittag verläuft ganz nach dem Langhirt´schen Geschmack. Mit dem Taxi geht es kreuz und quer durch die Stadt. Wir steigen an der *Calle Florida* aus. Dort beginnt die große Fußgängerzone, die von eindrucksvollen Häusern der *Belle-Epoque* gesäumt ist. Der Reisebericht, den ich im Flugzeug über Buenos Aires gelesen hatte, hatte Recht.

Es sieht fast aus wie in Paris. Lediglich die Werbeschilder mit spanischer Aufschrift beweisen, dass man nicht in Frankreich ist, auch nicht in Spanien. Hier tickt die Uhr anders. Es herrscht zwar ein wahres Verkehrschaos auf den großen Zubringerstraßen, aber in dieser Einkaufsmeile, ist es vergleichsweise ruhig.

Wir schlendern gemütlich an kleinen Bars und Cafes vorbei. Werfen hier und da einen Blick in ein Künstleratelier bis wir fasziniert vor einem kleinen Lädchen stehen bleiben. Hubert zückt den Fotoapparat, um die Auslagen im Schaufenster und den ganzen Laden im Bild festzuhalten. Bislang haben wir noch nie gesehen, dass es ein Geschäft gibt, welches nur Flip-Flops in den Neonfarben grün, gelb und orange anbietet. Zwar sind die Größen und Modelle unterschiedlich, jedoch nur in diesen drei Farben erhältlich. Der Laden misst gerade fünf mal fünf Meter. Er ist bis unter die Decke, mit diesen einfachen Gummisandalen zugepackt. Kunden füllen den letzten Rest des Verkaufsraumes aus. Ich kann der Versuchung nicht widerstehen und kaufe mir ein Paar in neongrün.

Wieder in glühender Mittagshitze auf der Straße, fällt mir beim Blick auf meine Füße und Jeans ein, dass Hubert und ich gar kein passendes Outfit für die Hochzeit im Gepäck haben. Wie auch, wir sind beide ohne jegliche Vorwarnung oder Andeutung eines besonderen Anlasses, in den Urlaub geflogen.

Mich überkommt wieder eine leichte Wut auf Tanya. Warum hat sie mir zuhause nichts gesagt? Jetzt müssen wir uns auch noch neu einkleiden. Jeans und T-Shirt sind hier fehl am Platz. Hubert ist genauso entsetzt wie ich, als ich ihn über unser Defizit an passender Kleidung aufkläre. Was nun?

***

Tangomusik lenkt uns von unserer Denkphase ab. Richtig laut hört man ein Bandoneon, dazu Rufe, welche wir nicht verstehen. Wir gehen der Richtung nach, aus welcher die Musik kommt. Nur einige Schritt weiter sitzt mitten in der Fußgängerzone der Musikant. Vor ihm schickt sich ein Paar an, Tango zu tanzen. Ein weiterer Mann, ganz offensichtlich der Sohn der beiden, er gleicht seinem Vater ungemein, stellt in gehörigem Abstand kleine Zigarrenschachtel im Kreis auf und legt ein paar kleine Münzen rein. Viele Passanten bleiben rund um die Akteure stehen.
  Die Tänzerin, ich schätze sie auf Ende Vierzig, im sehr,

sehr engen kurzen beigefarbenen Kleid mit großen auffallenden schwarzen Punkten, ihr Partner mit gegelter schwarzer Kurzhaarfrisur in frech rotem Anzug und schwarzen Lackschuhen, tanzen los.

Sie scheinen Profitänzer zu sein. Die Tanzfiguren sind flüssig, die Mimik zeugt eindeutig, dass sie ein Paar sind. Nach gut einer Viertelstunde legen sie eine Pause ein. Das Publikum wirft einen Obolus in die Holzkistchen und bittet das Paar, durch lautes Klatschen, um eine Zugabe.

Solch einen öffentlichen Tanz haben wir nicht erwartet. Hubert lässt es sich nicht nehmen, einen kurzen Videofilm zu drehen. Als wir bereit sind weiter zu gehen, werden wir an der Schulter angepackt. Erschrocken und Böses sinnend, drehen wir uns beide gleichzeitig um. Gott sei Dank, es sind keine Widersacher. Das Herz rutscht mir dennoch in die Hose.

***

Tanya entschuldigt sich schnell für das forsche Verhalten und nimmt mich fest in die Arme. Ich beruhige mich nicht wirklich, sondern erkläre Tanya, dass Hubert und ich ein Kleiderproblem für die Hochzeit haben.

»Aber Jula, das ist doch nicht wirklich ein großes Malheur. Wollten wir nicht heute noch für mich ein Brautkleid kaufen? Dann kaufen wir dir eben auch noch etwas Schickes. Meinst du nicht?«

»Ja. Eigentlich hast du Recht. Für Hubert werde ich bestimmt auch noch ein schönes Hemd mit Gilet und Schlips finden. Er hat, so wie ich gestern im Kleiderschrank gesehen habe, seine leichte hellgraue Leinenhose eingepackt. Dazu wird etwas in hellblau und Silber gut passen.«

»Genau, das hast du schnell und gut überlegt. Jetzt müssen wir erst einmal die Männer loswerden.«

Meine Stunde schlägt.

»Gordon, kennst du dich hier aus? Wir suchen einen Laden, der Herrenhemden führt, eine Boutique für uns Frauen und eine kleine Kneipe für dich und Hubert.«

»Lasst uns noch ein kleines Stück über die *Florida* laufen, dann haben wir alles zusammen an einem Punkt.« Er deutet mit der Hand in die Richtung.

Keine fünfhundert Meter entfernt, finden wir einen *Hugo Boss* Laden. Die Männer möchten beide bei der Auswahl von Huberts Oberbekleidung mitbestimmen. Es gelingt uns Frauen nicht, sie los zu werden. Tanya und ich rollen die Augen.

Das kann heiter werden.

Ich kenne meinen Mann und dessen Geschmack. Er stimmt leider nicht immer mit meiner Vorstellung überein. Kann Gordon meinen Hubert besser überzeugen als ich? Ein Versuch ist es auf jeden Fall wert. Herr Thaler steuert direkt beim Betreten des Geschäfts auf den Ständer mit den Westen zu. Nach einem kurzen Dreh zieht er triumphierend ein Teil in Huberts Größe und meiner sinnierten grauen Farbe raus. Er drückt das Teil Hubert in die Hand: »Halt mal kurz an dich. Steht dir, passt zum grauen Bart. Jetzt brauchen wir noch ein schönes Hemd. Was mit Streifen wäre nicht übel?«

Huberts Antwort lautet nur: »Meinst du? Was meinen unsere Frauen?«

Mein Blick trifft seinen. Tanya bejaht ganz in meinem Sinn die Frage. Eine argentinische Schönheit fragt Gordon nach seinen Wünschen. In gut verständlichem Spanisch erklärt er ihr sein Anliegen

Bisher habe ich noch gar nicht registriert, dass er fließend spanisch spricht. Zugegeben, es gab auch nur wenig Gelegenheit. Die Konversation übersteigt einfache Höflichkeitsfloskeln.

Der Mann wirkt auf mich sehr rätselhaft.

»Du sprichst gut spanisch. Das habe ich gar nicht erwartet,« platze ich heraus. Gordon ist so mit der Verkäuferin beschäftigt, dass er mich überhört. Stattdessen antwortet mir Tanya: »Ja. Er spricht wirklich sehr gut spanisch. Seine Eltern ermöglichten ihm in jungen Jahren einen zweijährigen Aufenthalt hier in Buenos Aires. Seine Gastfamilie waren damals die Eltern von Juan. Die beiden kennen sich seit Jahrzehnten.«

Nun habe ich spielend leicht die Antworten auf meine Fragen bekommen. Ohne direkt bei Gordon nachzufragen. Das von Gordon ausgewählte Hemd ist weiß mit ganz dezenten hellblauen Streifen. Dazu überreicht die schwarzhaarige Verkäuferin eine graue Fliege, und einen wunderschönen Panamahut mit grauem Hutband.

Einvernehmlich erwerben wir das schicke Outfit. Ich frage mich insgeheim, wer ist dieser Gordon überhaupt? Er versprüht einen Charm, dem man nicht widerstehen kann. Selbst Hubert unterliegt ihm stillschweigend.

»Das wäre geschafft. Jetzt lasst ihr Männer uns aber alleine einkaufen. Schließlich darf der Bräutigam das Brautkleid nicht vor der Hochzeit sehen. Ihr wisst, dass das Unglück bringt,« sage ich mit bestimmendem Tonfall.

Schließlich habe ich auch ein ausgeprägtes Persönlichkeitsbild. Nicht nur Herr Thaler.

Während ich die beiden Männer an den Händen nehme und sie mit leichtem Schwung vorantreibend loslasse, denke ich an den anstehenden Kleiderkauf. Warum hat Tanya sich nicht ein schickes Kleid für die nur standesamtliche Trauung mitgebracht? Das Ereignis ist schließlich vorgeplant. Hat Gordon sein Outfit etwa im Koffer versteckt? Soll ich Tanya direkt darauf ansprechen? Wie mache ich das am Geschicktesten?

»Lass' uns dort reinschauen,« fordert sie mich auf. Sie zeigt mit dem Finger auf eine kleine, etwas verwunschen aussehende Boutique. Die Auslage, ein kurzes, schwarzes, seidenes Cocktailkleid, fällt ins Auge. Dazu sind die passenden Accessoires dekoriert. Hohe rote Lederpumps, Unterarm lange rote Lederhandschuhe, eine winzige Handtasche des gleichen Materials und eine Perücke. Sie ist mit einer ebenfalls roten Haarspange aufgewertet.

Ich muss zugeben, das sieht sehr hübsch aus, aber ist es nicht etwas zu gewagt für eine Frau Mitte fünfzig? Wir betreten etwas zögerlich das kleine Lädchen. Versonnen schauen wir uns das ins Auge gefasste Kleid und den Preis genauer an.

»Du, das ist erschwinglich, soll ich es mal anprobieren, wenn es in meiner Größe da ist?« »Klar, es ist sehr schick, aber …!« Ich breche meinen Einwand ab. Nein, ich werde mir jetzt nicht den Mund verbrennen und die Stimmung verderben.

Die Verkäuferin versteht Tanyas Englisch nur mäßig, ist aber sehr geschäftstüchtig und zaubert unter der Theke das fast das gleiche Modell in XL hervor. Es ist aus dem gleichen seidenen Stoff, hat farblich abgesetzte rote Träger an dem schwarzen Hauch von schulterfreiem Kleid. Es ist aufregend, finde ich. Nun muss ich Tanya nur gut zureden.

Aus der Umkleidekabine kommt ein Stoßgebet. »Lieber Gott mach', dass es passt.«

Der Vorhang öffnet sich.

»Schau mal, Jula, das hier ist noch schöner als das ganz

schwarze Kleid. Findest du nicht auch? Es wirkt nicht so verrucht. Ich bin doch keine *Lady in black*. Auch kein Vamp.«

»Was du nicht sagst. Nimm' es. Die Schuhe und alles andere musst du aber in *rot* holen.« flüstere ich und danke heimlich für Tanyas Einsicht. Das kleine Rotschwarze sitzt gut. Es bedarf keiner Änderungen.

Meine Wahl ist ebenfalls auf ein Seidenkleid gefallen. Allerdings mit leicht angeschnittenen Armen, rundem etwas tieferem Ausschnitt und einem schönen Schlitz auf der Rückseite. Zu Huberts hellblauem Hemd ist mein champagnerfarbenes Kleid ideal. Dazu werde ich mir passende, etwas bequemere, Schuhe kaufen und natürlich eine kleine Unterarmtasche. Beides natürlich auch in der Farbe, welche zum Kleid passt.

Auch mir springt die Verkäuferin zur Hilfe. Nach gut einer weiteren halben Stunde stehen wir beide an der Kasse. Während ich meine Kreditkarte in der Tiefe des Geheimfaches meiner Beuteltasche suche, gibt Tanya der Kassiererin zu verstehen, dass sie alle Artikel auf eine Rechnung buchen soll. Bevor ich reagieren kann, reicht Tanya ihre Bankkarte rüber. »Lass' deine Karte stecken, ich will dir dieses Ensemble kaufen. Schließlich habe ich dich mit unserer Hochzeit überrumpelt. Dann musst du nicht auch noch finanziell bluten.«

»Das ist lieb von dir, aber nicht nötig. Wie darf ich mich revanchieren?«

»Bleib' einfach meine beste Freundin für immer und ewig.«

»Mach' ich. Jetzt müssen wir aber unsere Männer in der Bar abholen, nicht dass sie zu tief ins Glas schauen.«

Arm in Arm verlassen wir, wie einst als Teenager nach dem Kauf eines T-Shirts, das Geschäft.

Trotz des fortgeschrittenen Nachmittags erschlägt uns die Hitze. Wir ignorieren sie einfach und finden unsere Partner in der klimatisierten Bar am Tresen. Synchron umfassen sie mit der rechten Hand ihr halbvolles Bierglas, während sie mit der anderen genüsslich an einem Zigarillo ziehen.

Für mich ist letzteres ein ungewohntes Bild.

»Schmeckt' s?« frage ich mit hochgezogenen Augenbrauen während ich Hubert das Bierglas aus der Hand nehme, um es dann in fast einem Zug leer zu trinken.

Ein kapitaler Fehler, den ich wenig später zutiefst bereue.

»Gordon hat mir den Zigarillo so angepriesen, dass ich nicht widerstehen kann. Tut richtig gut. Willst du mal ziehen?«

Für den Rückweg ins Hotel ruft Gordon eins der schwarzgelben Taxis. Ich bin fix und fertig. Meine Füße brennen in den Sandaletten und mein Kopf dreht sich durch das hastig getrunkene Bier wie ein Brummkreisel. Hubert hält mich mehr aus Sorge im Arm, während Gordon seine Tanya liebevoll umarmt.

Eigentlich ist für den Abend ein gemütliches Essen im hoteleigenen Restaurant geplant. Gerne würden wir in den Genuss eines richtigen argentinischen Steaks kommen. Doch ob meine Wenigkeit daran teilnehmen kann, stelle ich in Frage.

»Aber klar doch, leg' dich einfach eine halbe Stunde aufs

Bett, die Füße leicht erhöht, trink noch ein zwei Gläser Mineralwasser und dir geht es bald wieder gut. Das ist die Hitze und unser Alter, weniger das Bier, was dir im Moment zu schaffen macht,« gibt Gordon zu seinem Besten.

Dann sagt er etwas, was mich allerdings schlagartig auf die Beine und zum Nachdenken bringt.

»Heute Abend möchten Tanya und ich euch noch einen besonderen Gast beim Dinner vorstellen.«

Kaum sind Hubert und ich in unserem Hotelzimmer, erzähle ich ihm meine bis dahin geheimgehaltenen Gedanken, die Gordon betreffen. Wer ist dieser Mann? Welche Geheimnisse wird er uns noch offenbaren? Und die wichtigste Frage, ob er meine Freundin glücklich macht, auch in den nächsten Jahren?

»Du machst dir scheinbar große Sorgen um Tanyas Zukunft? Für mich ist er auch ein Buch mit sieben Siegeln. Aber unser Männergespräch vorhin in der Bar hat mir bereits einige Einblicke in seine Denk- und Lebensweise gegeben. Zugegeben, für dich, meine Liebste, wäre er nicht der passende Partner. Glaub' mir das, wenn er sich auch dir gegenüber so aufführt. Magst du etwa knallharte Männer, Kriegsfreunde, von Berufswegen Abenteurer und jemanden der fast sitzen geblieben ist?«

»Wie meinst du das? In der Schule?«

»Nein, weil er trotz seines Alters bislang nicht verheiratet war. Er ist euch Frauen gegenüber sehr charmant, gibt sich als Lebemann, Gönner und weiß Gott noch alles. Manches mag allerdings gespielt sein. Ich bin mir sicher, deine Tanya wird von ihm wirklich geliebt. Er trägt sie sozusagen auf Händen, weil er sich vor dem Alt werden und der Einsamkeit fürchtet.«

»Tun wir das nicht auch?«

»Er hat es mir gebeichtet. Die Liebe spielt dabei natürlich auch noch eine entscheidende Rolle. Lassen wir die beiden sich lieben, gönnen ihnen das späte Glück und wir lassen uns auf weitere Überraschungen ein.«

Wer ist dieser geheimnisvolle Gast, dass er ihn unbedingt heute Abend noch vorstellen muss?

»Darf ich euch miteinander bekannt machen?« empfängt uns Gordon im Restaurant zur verabredeten Zeit.
 Hubert hat mich nicht groß zum Essen überreden müssen. Meine Neugierde auf die Person ließ meine Müdigkeit schlagartig verfliegen. In leichter Abendgarderobe stehen wir fünf uns gegenüber.

***

Die Frau scheint Tanyas und mein Alter zu haben. Sie wirkt sehr gepflegt. Das dunkle Haar ist an den Schläfen zart von silbernen Strähnchen durchzogen. Das Make Up unterstützt die dunklen Augen und das Hellrot der Lippen. Sowohl am Hals als auch am linken Handgelenk trägt die Lady schön gestalteten Silberschmuck aus unterschiedlich großen, dünnen Ringen, die ineinander liegen. Dezent und schön, genauso wirkt auch das *Kleine Schwarze* an der eher zierlichen Figur.
 Sie kommt Gordon zuvor. »Ach, es ist sehr schön die beste Freundin und ihren Mann meiner künftigen Schwägerin endlich kennen zu lernen.«

So schnell ist das Rätsel um die Person gelöst. Wir schütteln die Hände und begrüßen uns gleich mit Küsschen auf beide Wangen, wie alte Bekannte. Bei Tisch erzählen wir im Wechsel Anekdoten aus dem Leben.

Christiane lebt seit ihrer Scheidung wieder alleine. Kinder hat sie keine, nur einen schwarzen Cockerspaniel, der während ihrer Reise nach Buenos Aires in einer Tierpension untergebracht ist. Armer Hund, denke ich für mich. Genau diese Rasse gefällt mir. Irgendwann werde ich mir auch so einen Vierbeiner zulegen.

Gordon hat seine Schwester rechtzeitig in das Vorhaben der beiden eingeweiht.

Nur ich bin mit der Hochzeit überfahren worden. Dieser Umstand ärgert mich mal wieder. Es scheint doch eine größere Gesellschaft zu werden, als die beiden Brautleute mir vorgeben. Bei nächster Gelegenheit werde ich Tanya diesbezüglich wieder auf den Zahn fühlen.

Christiane ist sehr nett. Sie hat ein wirklich gutes Gespür für Fragen und Antworten. Durchaus merkt man ihr an, dass sie als Detektivin ihre feinen Antennen ausfährt. Der Abend läuft uns davon. Wieder einmal gehen wir ‚wie bereits in den letzten Tagen, nach argentinischen Gepflogenheiten, erst früh am nächsten Morgen zu Bett.

Der Tag heute wird der Tag der Wahrheit werden. Tanya wird der Tochter den leiblichen Vater *Carlos Pintos*, ihren ehemaligen Lehrer und One-Night-Stand, vorstellen. Wie wird Tonya auf so viele Bekenntnisse reagieren? Zu gerne möchte ich mit Tanya darüber sprechen. Ich fühle mich als Patentante auf seltsame Weise für Tonyas Wohlergehen verantwortlich.

Hubert winkt, bei meinem Versuch mit ihm darüber zu

reden, lässig ab: »Kümmere dich bitte ab sofort nicht voreilig um Tonya. Tanyas ganze Sippe wird ihr Unterstützung bieten. Kümmere dich lieber um deinen Ehemann.«

»Du hast gut reden, Annette und Evelyn werden große Augen machen. Oder meinst du, die kennen die Wahrheit?«

»Das glaube ich kaum. Es ist Tanya sichtlich schwer gefallen im *Torquata Tasso* über Carlos Vaterschaft zu reden. Lass' uns heute alleine die Museen der Stadt aufsuchen. Am Abend werden wir bestimmt beim Essen erfahren, wie die Geschichte den anderen Familienmitglieder gefällt.«

***

Bereits zum Frühstück treffen wir wieder aufeinander. Die Brautleute wirken angespannt, während Christiane die Ruhe in Person ist. Sie hat von Gordon die Aufgabe bekommen, hier im Hotel die morgen stattfindende Hochzeitstafel, zu koordinieren.

Tanya empfängt mit Carlos zusammen Lars und Tonya. Gordon holt in einem anderen großen Taxi die Ehepaare Schlemmer vom Flughafen ab. Er wird mit ihnen eine Stadtrundfahrt machen, um für Tanyas Beichte Zeit zu gewinnen.

Die Ankunft der sechs im Hotel wird somit mindestens zwei Stunden später sein. So lautet der taktische Plan. Beide schlingen ihr Frühstück runter. Die Zeit drängt. Die Fahrt zum Flughafen dauert circa eineinhalb Stunden.

Carlos erscheint pünktlich mit eigenem PKW im *Ezeiza* Terminal. Sie fiebern der Ankunft der sechs entgegen. Tanya und Carlos fühlen sich wie Verbündete.

Die Boeing 737 der Lufthansa von Frankfurt kommend, landet mit einer halben Stunde Verspätung.

Dreißig Minuten Aufschub.

Dreißig Minuten weitere Anspannung.

Dann endlich blinkt die Anzeige, dass das Flugzeug gelandet ist. Tanya steht direkt am Ausgang der Zollschleuse. Juchzend empfängt sie zuerst Annette, Evelyn, deren Ehemänner, dann Lars und zuletzt Tonya. Liebevoll und etwas besorgt streichelt die werdende Oma über den leichten Ansatz von Tonyas Babybauch. »Hast du den Flug gut überstanden? War der Sitz nicht zu unbequem und zu eng für euch drei?«

»Aber Mama, wir, Lars und ich sind doch Businessklasse geflogen. Dort gibt es richtige, komfortable Sessel mit viel Platz und großer Beinfreiheit für Lars lange Beine.«

»Das ist aber toll. Doch nun wollen wir erst einmal ins Hotel fahren, damit du dich etwas hinlegen kannst. Ist auch wirklich alles o.k.?«

Tonya lässt sich zusammen mit Lars von ihrer Mutter ohne weiteren Kommentar nach draußen in die sengende Mittagshitze schieben.

Carlos nimmt sie zuerst gar nicht wahr. Erst als Gordon sie, umgeben von den Schlemmers, begrüßt, fällt ihr der ältere Mann auf. Er steht etwas verhalten hinter Gordon. Zunächst beobachtet er nur die Szenerie. Dann nimmt er mit einem kurzen »Darf ich?« Tonyas kleinen Trolly und Lars einen der beiden Riesenkoffer ab. Tanya sagt nur: »Das ist Carlos, unser persönlicher Fahrer. Er wird uns auf dem schnellsten Weg nach *Recoleta* bringen. Er ist ein Bekannter von ….und lebt schon etliche Jahre hier in Buenos Aires.«

Ahnungslos steigen die jungen Leute in Carlos klimatisierten Peugeot, alle anderen in ein großes Taxi. Gordon unterbreitet den Vorschlag zuerst eine schöne Runde durch die Stadt zu drehen. Verschiedene Sehenswürdigkeiten könne man so schon einmal abhaken.

Im Grunde möchte er nur Zeit gewinnen.

Tanya hingegen will so schnell wie möglich ihre Tochter im Hotel einquartieren. Ihr schwebt eine Beichte in gemütlicher Atmosphäre vor. Doch sie hat die Neugierde ihres Schwiegersohnes unterschätzt.

Dieser will unbedingt zum Hafen und das schmalste Haus der Stadt sehen. Es ist nur 2,50 Meter breit, hat eine kleine, schmale, grüne Tür, die von einem schmiedeeisernen Schloss geziert ist. Die zweite Etage verfügt über einen Balkon mit vertikalen Eisenstangen und nur einem Fenster.

Tonya unterstützt die Idee, obwohl sie schwere Beine hat.

Carlos folgt den Wünschen.

Er spielt den Stadtführer. Erklärt, scherzt und lacht, dabei verwendet er typische saarländische Aussprüche. Tonya bemerkt die Redewendungen: »Sie kommen dem Dialekt nach auch aus dem Saarland? Was hat Sie nach Argentinien verschlagen?«

Carlos antwortet zunächst nicht.

Er überlegt und berichtet, dass er vor fast dreißig Jahren als Lehrer hier eine neue Herausforderung gesucht habe. Ferner sei er Musiker und betreibe mit seiner Frau zusammen eine Tango-Bar in *La Boca*. Wenn Interesse bestünde, würden sie dort anhalten um etwas Erfrischendes zu trinken.

»Mama, hast du das gehört? Unser Fahrer hat eine Tango-Bar. Du tanzt doch so gerne Tango. Wollen wir uns den Laden nicht mal ansehen? Vielleicht kannst du mit Gordon dort einmal hingehen, wenn eure Hochzeit um ist?«

Tanya zittern die Hände.

Jetzt ist der Weg zur Beichte geebnet ohne, dass sie selbst etwas dazu beigetragen hat. Soll sie noch einen Augenblick warten um einen noch günstigeren Zeitpunkt zu erwischen?

Carlos ist perfekt. Er hält vor dem eigenen Lokal. Es ist noch nicht allzu viel los. Galant hält er Tanya die Beifahrertür auf: »Darf ich dich bitten? Wir nehmen gleich im Lokal an unserem Stammtisch Platz, ich parke nur schnell den Wagen um. Führe meine Gäste schon einmal hinein und schau' ob Maria da ist. Sie soll kühle Getränke bringen.«

»Du kennst das Lokal? Wieso duzt ihr euch, Mama?«

Leise und mit beklommener Stimme, die Situation nicht überschauend, antwortet Tanya:

»Ja. Ich kenne Carlos Pintos seit meiner Jugend. Wir, Gordon, Jula, Hubert und ich waren vorgestern schon einmal hier. Auch habe ich Carlos Frau schon kennengelernt. Lasst uns reingehen. Dort ist es sehr gemütlich und Dank Klimaanlage nicht so heiß.«

Tonya ist zunächst mit der Antwort ihrer Mutter zufrieden. Als sie sitzt, die Augen durchforsten das Lokal, stellt sie die Frage, die Tanya fürchtet. »So, seit deiner Jugend kennst du diesen Musiker. War er etwa dein Gymnasiallehrer?«

Carlos kommt zusammen mit Maria an den Tisch. Sie bringt ein großes Tablett mit erfrischenden Getränken. Er setzt sich neben Tanya und legt direkt los, kommt ihr mit der Antwort zuvor: »Ja. Ich war Tanyas Lehrer für Sport und Kunst, und heute bin ich überglücklich euch hier begrüßen zu können. Nach so langer Zeit bekomme ich endlich Besuch aus der alten Heimat und dazu noch …«

»Carlos, bitte, jetzt mach die Sache nicht zu theatralisch,« unterbricht Maria, die ebenfalls am Tisch Platz genommen hat. Lars und Tonya registrieren, dass der Tonfall etwas ernster klingt. Stirnrunzelnd schauen sie im Wechsel Carlos und Tanya an.

»Also, ihr seit nicht nur lieber Besuch aus der alten Heimat, sondern ihr seit meine Familie. So, jetzt ist es raus. Ich habe es gesagt. Tanya nun bist du an der Reihe.«

»Was soll das heißen? Wir sind Familie?« hinterfragt Lars. Tonya legt nach:

»Was habt ihr hier ausgeheckt? Warum holt uns Herr Carlos gemeinsam mit dir ab. Und nicht etwa Gordon? Da stimmt doch etwas nicht? Was führt ihr hier im Schilde?«

»Bitte beruhige dich, Tonya, denk' an die Kinder in deinem Bauch. Ich bin jetzt bereit, euch etwas über uns, also Carlos und mich, zu erzählen.«

Sie holt tief Luft. Sie schnauft durch die Nase. Sie setzt sich gerade, den Rücken durchgedrückt, an den Tisch. Sie greift nach dem Glas um sich an etwas festklammern zu können. Erst dann beginnt sie mit leiser und zittriger Stimme:

»Carlos war damals mein Lehrer. Er war der Schwarm

vieler Mädchen. Gutaussehend, jung, modern eingestellt und allseits beliebt.«

»Jetzt fröne nicht alten Zeiten nach, erzähl was du loswerden willst!« fordert Carlos mit rauer ungewohnter Stimme.

»Also nun kurz und gut. Carlos ist dein leiblicher Vater, dein Erzeuger. Nicht wie alle glaubten, mich eingeschlossen, dass Torsten dein Papa ist.«

»Sag' das noch einmal,« bittet Tonya kopfschüttelnd. Carlos bestätigt die Aussage mit vollem Vaterstolz. Tanya erzählt mit wohlüberlegten Worten nun die ganze Geschichte, die sie bereits vorgestern kund getan hat. Es dauert eine ganze Weile bis sowohl Tonya als auch Lars die Neuigkeit richtig begreifen. Langsam entwickelt sich den beiden eine andere Sichtweise auf Tanyas bisheriges Leben.

Der frisch gebackene Vater steht völlig hinter der Erzählung. Er bittet um Nachsicht, nicht eher etwas von dem Familienglück erfahren zu haben. Nun möchte er wenigstens seine Tochter näher kennenlernen und sich als werdender Zwillingsopa endlich auf kleine Kinder freuen dürfen. Maria pflichtet der Tatsache bei, was besonders Tonya berührt.

Die Situation bleibt angespannt. Tanya dreht nervös an Ihrem neuen Ring.

»Wieso hast du mir das nicht erzählt, als Papa, also Torsten, von uns weggegangen ist. Ich war doch schon groß, vielleicht hätte ich die Situation verstanden. Du hast es mir verschwiegen. Warum? Jetzt verstehen ich, warum Papa den Kontakt hat einschlafen lassen. Ich bin ja gar nicht sein geliebtes Töchterchen. Oh, ist das ein seltsames Gefühl.«

Alle am Tisch schauen schweigend auf Tonyas Bauch. Dieser hebt und senkt sich stärker als sonst. Das Atmen fällt ihr schwerer. Sie kämpft mit ihrer Luft und den Gefühlen.

Ganz plötzlich steht sie auf. Der Stuhl wackelt bedrohlich, fällt aber nicht um. Sie umarmt erst ihren Mann mit den Worten: »Du bist aber 100% der Vater meiner Kinder. Ich liebe dich.«

Dann streichelt sie ihrer Mutter über den Kopf wie man es bei Babys macht: » Eigentlich müsste ich wütend auf dich sein, dennoch danke ich dir für das Geständnis, für die vielen Jahre, die du dich meiner Herkunft wegen gequält hast. Du wolltest uns beiden vor der Schande bewahren, sitzengelassen zu sein.

Wie soll ich das plötzliche Verschwinden von Papa sonst verstehen? Du hast mir und allen Leuten erzählt, dass ihr euch auseinandergelebt und zu jung wart. In Wirklichkeit war alles ganz anders. Dass ausgerechnet Gordon, der Mann, den du liebst, hilft deine Vergangenheit zu bewältigen, finde ich toll.«

Langsam, jeden Schritt suchend, geht sie weiter um den Tisch zu Carlos. Dieser steht auf. Sie schauen sich in die Augen. Beide haben die gleiche Augenfarbe, das gleiche Zucken der Mundwinkel. Unter Tränen im Flüsterton an die Männerschulter gelehnt kommen die Worte:

»Wir wollen deine Familie sein. Aber dies braucht Zeit. Ich muss mich erst an die Tatsache einen leiblichen Vater zu haben, gewöhnen, außerdem ist Deutschland weit weg von Buenos Aires!«

»Ja. Da liegen schon einige tausend Kilometer dazwischen, gerne können wir via Internet miteinander kommunizieren. Meinst du nicht?«

***

Die Zeit vergeht durch die Gespräche wie im Flug. Es ist Abend geworden. Das *Torquato Tasso* füllt sich langsam mit Gästen.

Carlos und Maria werden nervös.

Tonya bemerkt es und bittet, dass sie ein Taxi bestellen, um endlich ins Hotel fahren zu können. Außerdem wäre es nun wirklich ganz vorteilhaft, die Beine hoch zu legen. Gerne will sie das Gespräch mit Carlos in den nächsten Tagen wieder suchen.

***

Gordon ist mit Tanyas Schwestern und deren Ehemännern in den Straßen von Buenos Aires unterwegs. Es herrscht eine sehr vertraute Atmosphäre zwischen ihnen. Die Fahrt dauert wegen des hohen Verkehrsaufkommen länger. Gordon erklärt bei Stopp und Go die Stadt, wie diese tickt, dass er noch eine Überraschung hat, und deswegen ganz froh ist, hier im Stau Zeit zu gewinnen.

Eigentlich sind die vier Neuankömmlinge, die nicht wie Lars und Tonya Businessclass geflogen sind, sondern Economyclass, müde und sehnen sich nach Erholung im Hotel. Die Überraschung nehmen sie aus diesem Grunde zunächst gar nicht wahr. Stattdessen starren sie aus dem Fenster.

Jeder ist in seine Gedanken versunken.

»Wir müssen noch am Bahnhof vorbei fahren.« unterbricht sie Gordons Stimme.

»Dort werden wir noch einen Hochzeitsgast abholen. Er wird ebenfalls bei uns im Hotel übernachten.«

»Wie viele Gäste habt ihr überhaupt eingeladen?« will Annette wissen.

»Das sind schon einige, doch mit diesem Besuch rechnet niemand. Ich möchte euch bitten, diese Person als Ehrengast zu behandeln und die Anwesenheit bis kurz vor der Trauung für euch zu behalten. Ich hoffe inständig, dass uns das gelingen wird. Nicht dass Tanya durch einen blöden Zufall von dem Gast erfährt.«

»Was redest du denn da? Wer ist das? Gordon, du bist unmöglich. Tanya hat völlig recht, wenn sie behauptet, du steckst voller Überraschungen. Ist dieser Besuch etwa deine Schwester?«

»Nein, nein, die ist bereits gestern eingetroffen. Sie kümmert sich im Hotel um die dortigen Feierlichkeiten.«

»Übrigens Gordon, wir wollen uns alle vier noch bei dir für die großzügige Organisation an Flug und Hotel bedanken. Schließlich wird man nicht alle Tage vom zukünftigen Schwager so feudal eingeladen,« kommt Evelyns Stimme aus dem Fond. Gordon winkt lässig ab. Ihn beschäftigt eher der Gedanke, wie die vier auf den Neuankömmling reagieren werden? Ferner, ob sie wirklich bis zur Hochzeit schweigen können?

Nach dem Blick auf die Armbanduhr hat er es auf einmal überaus eilig. Mit quietschenden Reifen parkt der Wagen auf dem schmalen Seitenstreifen vor dem Bahnhof. Gordon springt aus dem Van:

»Bitte habt einen Augenblick Geduld. Der Zug müsste längst da sein. Hoffentlich finde ich unseren Gast gleich. Ich kenne ihn nur indirekt. Das heißt, ich habe bislang nur mit ihm telefoniert, gesehen habe ich ihn noch nie.«

Und schon ist er in der Menschenmenge vor der Halle verschwunden.

»Das kann ja heiter werden,« stellt Annettes bessere Hälfte fest. »Kommt, lass uns aussteigen um uns etwas die Beine zu vertreten.« »Wer ist wohl dieser geheimnisvolle Gast?« will Wolfgang wissen.

Die Hitze des Nachmittags ist für die Schlemmers noch ungewohnt. Schnell verschwinden sie wieder in dem klimatisierten Wagen. Gespannt schauen sie in die Menschenmenge, welche sich rund um den Bahnhof tummelt.

Nach einer gefühlten Ewigkeit kehrt Gordon mit einem großen grauen Koffer in der rechten Hand zurück. Er wird von einem Mann, der ebenfalls einen grauer Koffer trägt, begleitet. Sein Kopf ist von einem großen hellen Strohhut bedeckt. Das Gesicht sehen die vier noch nicht. Die Figur ist hager und schmal. Der Mann scheint älter als Gordon zu sein. Der Gang ist zwar dem von Gordon angepasst, dennoch wirkt er angestrengt. Die Bekleidung ist dem Klima der Region angemessen, leicht, hell und wirkt sehr gepflegt. Er unterhält sich leise und dreht den Wartenden im Näherkommen den Rücken zu.

Gespannt schauen die vier der ganzen Szenerie zu. Sie fragen sich im Wechsel, wer diese Person sein mag. Beim Einladen der Koffer in den Stauraum des Vans, verstehen sie einige Wortfetzen. Die beiden Männer da draußen unterhalten sich in akzentfreiem Deutsch.

Ein Argentinier kann es also nicht sein.

Die Beifahrertür wird von Gordon aufgehalten und der neue Gast steigt ohne sich umzudrehen ein. Den Hut zieht er noch tiefer ins Gesicht.

»So jetzt geht es aber ganz schnell ins Hotel,« sagt Herr Thaler beim Einsteigen.

»Das wird aber auch Zeit, wir …«

Annette bricht den Satz ab.

Evelyn führt ihn zu Ende: »Wir sind total platt von der Hitze hier …«

Dann bekommt sie einen kräftigen Stoß von ihrer Schwester in die Rippe. Auch sie verstummt.

»Das glaube ich jetzt nicht! Gordon kann das sein, dass dieser ältere Mann unser Vater ist?« will Annette wissen.

Der Fahrer will gerade den Motor starten, als der Mann neben ihnen seinen Hut abnimmt und sich nach hinten umdreht. Ein braungebranntes rundes Gesicht mit leuchtenden blauen Augen lächelt sie an.

»Hallo Evelyn, hallo Annette. Ja, ich bin es, euer Vater. Jetzt fallt bitte nicht in Ohnmacht. Ich weiß, ich habe damals einen Fehler gemacht und euch im Stich gelassen. Das ist aber so lange her. Und nun bin ich froh, dass mich Herr Thaler gefunden hat und mir die Gelegenheit bietet, euch um Verzeihung zu bitten.«

An eine Weiterfahrt ist nicht zu denken. Stattdessen steigen sie alle aus und begrüßen sich. Erst werden die Töchter nur mit einem zarten Händedruck ihres Vaters begrüßt, dann sind sie von der Situation überwältigt und liegen sich schluchzend in den Armen. Gordon will die beiden Männer Wolfgang und Harald vorstellen, doch beide sind schneller.

Sie umfassen synchron mit der einen Hand ihre Frauen,

während sie dem alten Mann, ihrem Schwiegervater die andere entgegen strecken. Tränen der Überwältigung fließen.

Sie werden von einigen Passanten mit neugierigen Blicken beobachtet.

Alle reden durcheinander.

Alle sind schlagartig putzmunter.

Es ist letztlich Gordon, der nun zur Weiterfahrt drängt. Genauso hat er sich das Wiedersehen von Martin Bohn mit seinen beiden älteren Töchtern vorgestellt.

Auf der Fahrt ins *Recoleta* haben sich Vater und Töchter viel zu erzählen. Die Männer sitzen als stumme Zuhörer daneben.

Dicht hinter ihn fährt eines der schwarz-gelben Taxis. Außer Gordon und Martin bemerkt niemand den Verfolger.

Wie auch?

Sie sind so sehr in die Unterhaltung vertieft.

***

Gordon wäre nicht Gordon. Er ist ein Meister-Detektiv. Schon oft hat er sich bei seinen Recherchen auf seine Intuition verlassen. So auch bei der Suche nach dem Vater der Geschwister Bohn.

Als Tanya ihm die widrige Geschichte von Martin Bohns Verschwinden erzählt hatte, war er zunächst nur ein stiller, aber guter Zuhörer. Er stellte anschließend nur wenige Fragen zu Geburtsdatum, Ort, Arbeitgeber, Sprachkenntnissen, Hobbys und möglichen Verwandten und Bekannten im Ausland.

Seine Verlobte gab das, was sie wusste von sich. Schließlich war sie noch eine Jugendliche, als der geliebte Papa sich von der ganzen Familie loslöste.

Gordon notierte sich alle Fakten. Nach und nach nahm er Martin Bohns einstige Kontaktpersonen unter die Lupe. Von seinen Nachforschungen erzählte er Tanya nichts. Wenn es ihm gelang, Bohn ausfindig zu machen, erst dann soll sie davon erfahren.

Die Entwicklung in diesem ganz speziellen Fall erforderte ein klares Umdenken. Hätte er zu Beginn seiner Arbeit gleich erfahren, dass Herr Bohn heute in Argentinien lebt und sich nicht wie vor mehr als fünfunddreißig Jahren, in Venezuela aufhielt, wäre es wesentlich einfacher gewesen den Aufenthaltsort ausfindig zu machen. Der Kontakt zu den Meldeämtern Venezuelas ist umständlich, bedarf vielen schriftlichen Anfragen und ist letztlich ohne Geldspenden an dubiose Amtsmänner gar nicht möglich. Sein alter Freund Juan half ihm von Anfang an.

Es hat sich bewährt den Kontakt aus damaliger Jugendzeit zu hegen und zu pflegen. Besonders nachdem beide als Privatdetektive tätig sind.

Martin Bohn war zur damaligen Zeit von seinem Arbeitgeber, einem großen saarländischen Maschinenbauunternehmen, beauftragt worden, in Caracas den Bau einer neuen Anlage der Kohlefördertechnik zu überwachen. Für Martin bot sich die Chance einerseits beruflich Kariere zu machen und andererseits aus der Schieflage seiner Ehe auszusteigen. Diese war zu Ende. Sie hatten sich schon vor dem Jobangebot auseinander gelebt. Nur wollten Mila und Martin nicht ernsthaft der Wahrheit ins Auge sehen. So kam es, dass er sich in Venezuela ein neues Zuhause aufbaute.

Er wohnte in einem Mehrfamilienhaus mitten in der gefährlichsten Stadt der Welt zur Miete.

Hier ist nach wie vor die Kriminalitätsrate überdurchschnittlich hoch. In der Mietskaserne fühlte er sich, dank des Polizeipostens auf der gegenüberliegenden Straßenseite, sicher. Zur Arbeit im Stahlwerk mied er Bus und Metro, sondern fuhr lieber mit einem alten Fahrrad. Der Job war ihm so wichtig, dass er auf eine weitere Partnerschaft keinen Wert legte. Stattdessen gönnte er sich ausgesuchte Abenteuerreisen durch ganz Südamerika. Drei bis vier Wochen Abstand vom Stahlwerk taten ihm immer gut. Als er mit fünfundsechzig in den Ruhestand ging, war er froh, Abschied von der Arbeitswelt nehmen zu können und buchte eine zweimonatige Rundreise durch Argentinien. Dieses Land zu bereisen, war sein Ziel, wenn er die Zeit dazu hatte.

Das war 1995. Die Reisegruppe umfasste lediglich fünf Personen. Alle alleinstehend, jenseits der sechzig und topfit. Ausgangs- und Endpunkt war Buenos Aires. Ihm gefiel die Stadt von Anfang an. Noch besser gefiel Martin die Reiseleiterin *Alba Martinez*.

Eine hübsche brünette Frau mit wachen Augen, einem charmanten Lächeln und einer gewissen Eleganz. Sie war gerade fünfundfünfzig Jahre alt geworden, also zehn Jahre jünger als Martin. Ihren ersten Mann hatte sie vor Jahren durch ein Krebsleiden verloren. Kinder hatte sie keine, wie auch keine sonstigen Verwandten. Aus diesem Grunde engagierte sie sich als selbständige Reiseleiterin für ihr Heimatland Argentinien.

Alba und Martin fanden Gefallen aneinander. Anfänglich war es nur eine Fernbeziehung bis Martin drei Jahre nach ihrer ersten Begegnung seiner Alba einen Heiratsantrag machte und er zu ihr nach *Mar dela Plata,* 400 Kilometer südlich von Buenos Aires, zog.

Man sagt diesem Ort nach, dass er im argentinischen Sommer ,der am meisten besuchte Küstenort des Landes ist. Hier tummelt sich halb Buenos Aires. Nobelorte wie Biarritz dienten als Vorbilder.

Im Januar und Februar ist die Hauptstadt leer,
Mar dela Plata hingegen voll. Im argentinischen Winter wohnen hier 700.000 Menschen, im Sommer steigt die Zahl auf fast drei Millionen. 70 Prozent der Touristen kommen aus Buenos Aires, der Rest aus den Provinzen. Internationale Besucher gibt es kaum. Der Ort, an einer Felsenküste, ist einzigartig in Argentinien.

Wer in diesem Land Geld besitzt, lebt hier, wo die Sierra aus dem Hinterland an die Küste verläuft.

Hier grasten einst verwilderte Rinder bis der Reichtum durch den Fleischexport über den Ort kam.

Die Kinder der damaligen Großgrundbesitzer reisten ins ferne Europa nach Biarritz und San Sebastian im Norden Spaniens. Nach deren Rückkehr bauten sie die ersten Villen. Seit den 1880 Jahren ist der Badeort mit seinem Strand *Playa Bristol* Domizil der Reichen und Schönen. Viele Villen baute man zu Hochhäusern, Hotels und Apartmenthäusern um.

Sie prägen bis heute das Stadtbild.

Der alte Hafen mit seinen Fischkuttern und Seelöwen hat aber noch etwas Ursprüngliches, ebenso das flache Wasser. Große Frachter können deshalb nicht an die Pier.

Martin kaufte hier für sich und seine Frau von seinen jahrelangen Ersparnissen eine *Estancia* im Hinterland von *Mar dela Plata*..

Von *Estancias* sagt man, sie seien das Herz und die Seele der argentinischen Nation. Das Anwesen diente einst deutschen Einwanderern als einfache Schaffarm, bis die ständige Misswirtschaft die Familie in den Ruin trieb. Es blieb ihnen nichts anders übrig, als die Herde und das gesamte Anwesen zu verkaufen.

Martin griff zu und renovierte das heruntergekommene Farmhaus aus den 1920 er Jahren. Die Ländereien von 120 Hektar hat er an seinen Nachbarn verpachtet, der eine große Rinderzucht betreibt.

Eigentlich findet das Ehepaar Bohn-Martinez das Haus zu groß für zwei Personen, doch wenn die Touristen über den Badeort einfallen, vermieten die beiden die leerstehenden Räume. *Bed und Breakfast* ist in Argentinien ebenso angesagt wie im Rest der Welt.

Dann herrscht Leben im Haus und beide haben ein zusätzliches Einkommen. Ab und an unternimmt Alba als Fremdenführerin mit ihren Gästen kleinere Erkundungstouren in die nähere Region.

***

Hubert und ich haben uns vorgenommen, den Tag unserer Zweisamkeit zu widmen. Es wäre übertrieben, wenn wir das Brautpaar zum Flughafen begleiten, nur um Tanyas Sippe abzuholen. Ferner sind wir beide es nicht gewohnt, ständig Leute um uns zu haben. Es ist zwar schön und von den Gesprächen abwechslungsreich, aber irgendwann sind wir den vielen Worten überdrüssig.

Nachdem Gordon und Tanya überstürzt den Frühstückstisch verlassen haben um noch rechtzeitig am Flughafen anzukommen, bleibt Christiane noch eine Weile bei uns am Tisch sitzen. Sie ist sehr redselig und erzählt von ihrer gescheiterten Ehe, von dem unerfüllten Kinderwunsch, von ihren Träumen und von der Detektei *Thaler und Thaler*.
Mit Letzterem weckt sie große Neugierde in uns.
Vorbei ist es erst einmal mit der geplanten Zweisamkeit.

Der alte Herr Thaler führte schon das Detektivbüro. Und zwar aus größter Leidenschaft. Als seine Tochter in das Geschäft der undurchsichtigen Taten und Fakten einstieg, freute er sich sehr. Dass später auch sein Sohn in seine Fußstapfen treten würde, erlebte er leider nicht mehr. Das Hauptaufgabenfeld der Detektei ist das Auffinden von Privatpersonen, weniger Nachforschungen im Bereich der Wirtschaft.
Es wird in der Regel bei einer Detektivarbeit vordergründig erfasst, recherchiert und protokolliert. Zuerst im Alleingang, dann, wenn es aufwendiger wird, auch gerne im kleinen Team oder gar, wie in Carlos Fall, über Agenturen im Ausland.

Für Gordon und Christiane ist es ein Segen, dass es Juan gibt. Er hat direkt nach der Bitte und Bekanntgabe der ersten Fakten seine Fühler in Argentinien ausgestreckt. Das Auffinden von Tanyas ehemaligem Lehrer geht voll und ganz auf sein Konto. Doch dies ist noch nicht Juans ganze Leistung gewesen, erzählt uns Christiane.

Hubert und mir stehen Fragezeichen auf der Stirn.

Munter fährt sie mit Juans Ermittlungen fort.

Gordon will Tanya eine besondere Überraschung zur Hochzeit bieten. Wir dürfen uns ab sofort nichts anmerken lassen, dass Martin Bohn, der Vater von Tanya, Annette und Evelyn, auch ausfindig gemacht wurde. Gordon werde ihn zusammen mit den Schlemmers am Bahnhof abholen und versuchen hier unbemerkt ins Hotel zu schleusen.

Es ist gut, dass wir in dieses Vorhaben involviert sind, um eventuell eine zufällige Begegnung von Tanya und Martin verhindern zu können. Mit diesem Gast haben wir keineswegs gerechnet. Ich bin mal wieder von Gordon fasziniert, aber frage mich auch, was bringt er noch alles zu Tage? Was führt er im Schilde? Christiane gegenüber halte ich mich mit meinen Fragen zurück. Stattdessen mache ich mir Gedanken, wie es wohl Martin gehen wird, wenn er gleich seine ganze Familie zu sehen bekommt?

Hält er das überhaupt durch?

Der gute Mann dürfte inzwischen an die fünfundachtzig Jahre alt sein. Wo kommt er überhaupt her, wenn Gordon ihn am Bahnhof abholt?

Wie werden seine Töchter auf ihn reagieren? Hoffentlich gehen sie nicht aufeinander los, nachdem er sich damals einfach so klanglos aus dem Staub gemacht hat. Nicht nur diese Neuigkeit beschäftigt mich, sondern auch die Tatsache, dass mein Patenkind den leiblichen Vater kennenlernen soll. Macht Tanya nicht einen Fehler, ihrer Tochter gerade jetzt, da diese schwanger ist, vor vollendete Tatsache zu stellen?

Hätte das nicht Zeit bis nach der Geburt der Zwillinge?

Meine Freundin hat solange geschwiegen, warum muss sie ausgerechnet jetzt dieses Geständnis ablegen? Ich habe doch den Mut und äußere meine Bedenken.

Von Hubert bekomme ich die lapidare Antwort:

»Verstehe einer die Frauen.« und von Christiane: »Ich denke, dass Gordon Tanya animiert hat, reinen Tisch zu machen. Er ist zwar ein Schnüffler, aber auch jemand, der es mit der Wahrheit sehr genau nimmt. Ich kenne meinen Bruder.«

»Das glaube ich.«

»Seid mir bitte nicht böse, ich will noch mit den Hotelangestellten und dem Chefkoch das Hochzeitsmenü und einiges andere durchsprechen. Ferner muss ich mich kundig machen, ob auch die Tischdekoration so ist, wie Gordon sie in Auftrag gegeben hat. Ihr wisst, dass morgen nicht nur Gordons und Tanyas großer Tag ist, sondern gleichzeitig auch in ganz Buenos Aires der Tango – Day gefeiert wird?«

»Ja, das soll der Festtag aller Tango-Tänzer sein,« bestätigt Hubert, während ich mich bereits anschicke aufzustehen um den Frühstückssaal zu verlassen.

Der nationale Tango – Tag, der 11. Dezember, wird seit 1977 besonders ausgeprägt in Argentiniens Hauptstadt gefeiert. Das Datum wurde deshalb gewählt, da er der Geburtstag von zwei weltberühmten Männern des Tango-Genres ist, *Carlos Gardel* und *Julio de Caro*. An diesem Tag steht die Stadt Kopf. Überall werden Festivals und Tango – Wettbewerbe veranstaltet. Alle Bars, Cafés, Theater und Restaurants haben von früh morgens an durchgehend geöffnet. Selbst Tanzschulen öffnen ihre Tore recht früh, um den vielen Touristen noch letzte Tango Tanzschritte vermitteln zu können.

***

Wir sollten jedoch heute noch in einer Tango-Tanzschule die Grundschritte erlernen. Bekomme ich schlagartig als Idee, nachdem Christiane uns soeben ausführlich auf diesen besonderen Tag hingewiesen hat. Wie bringe ich nur meinen Mann dazu? Er ist ein absoluter Nichttänzer, der behauptet zwei linke Füße fürs Tanzen zu haben. Er folgt mir. Ich nehme den Lift nach oben auf die Dachterrasse. Von dort hat man einen fantastischen Weitblick über den Stadtteil bis hin zum Obelisk in der *Avenida de Julio*. Oben angekommen, stellen wir fest, dass wir nicht die einzigen Beobachter sind. Es herrscht ein reges Treiben sowohl auf der Aussichtsplattform als auch im Pool. Der Barkeeper hat alle Hände voll zu tun. Ich bin erstaunt darüber. Es ist gerade mal elf Uhr am Vormittag. Doch was soll ich mir darüber Gedanken machen. Ich überlege lieber wie wir an einen Tanzkurs kommen.

Hubert bemerkt mein Grübeln: » Wollen wir nicht einen Orangensaft trinken, uns dort an den freien Tisch setzen und dem Treiben etwas zuschauen?

Wir beide, so ganz zu zweit?«

Ich bin überrascht. Mein Göttergatte wartet erst gar nicht auf meine Antwort, stattdessen ordert er die Fruchtsäfte. Dann schiebt er mich zu dem kleinen Zweiertisch unter der großen Palme. Als wir beide sitzen, unsere Getränke serviert werden, kommt ein Bandoneon-Spieler, nimmt schräg gegenüber Platz und beginnt zu spielen.

Erst ganz leise, dann energischer.

Er spielt sich in Trance.

Ich lehne mich in meinem Stuhl zurück und genieße die Rhythmen.

»Schau da, das alte Paar beginnt zu tanzen.« reißt Hubert mich aus meinem Tagtraum.

In der Tat, der Mann ist bestimmt Mitte siebzig, seine Partnerin nicht wesentlich jünger. Sie wiegen sich mit einer Leichtigkeit und verrenken ihre Körper, wie Profitänzer.

»Was meinst du, sind die vom Hotel zur Animation engagiert?« frage ich Hubert.

»Nein, das glaube ich nicht. Die standen vorhin, als wir gekommen sind, im Gespräch mit einem anderen älteren Herrn … Ah … Da drüben steht er … Der Mann mit den karierten Hosen und dem weißen Hemd.«

Den Mann schätze ich ihn ebenfalls auf Mitte siebzig. Er ist der Aufmachung bestimmt ein Engländer. Mein Blick geht zurück zu den Tänzern. Nun hat noch ein Paar die Tanzfläche erobert. Sie sind jung, vielleicht Ende zwanzig und stehen den alten Leuten in den Bewegungen nicht nach.

»Ach, wenn ich so Tango tanzen könnte, würde ich morgen mit dir auf der Hochzeit tanzen!« sagt Hubert leise, mehr zu sich selbst als zu mir.

Was hat er gesagt? Ich glaube mich verhört zu haben. Denke blitzartig über den Satz nach und nehme die Gelegenheit wahr meine Idee mit dem Tanzkurs vorzuschlagen.

»Das kann man ändern.«

»Was kann man ändern?«

»Das nicht tanzen können.«

»Wie meinst du das?«

»Ganz einfach, wir werden noch auf die Schnelle einen Tangotanzkurs für Anfänger besuchen.«

»Ich kann nicht tanzen, ich bin zu steif, ich habe zu große Füße, ich kann das nicht lernen.«

»Doch, du wirst es lernen. Tu' mir den Gefallen, bitte, bitte ... Wir haben doch Urlaub.«

»Ja richtig, wir haben Urlaub. Dann soll ich mir im Urlaub die Knochen brechen?«

Das Gespräch scheint zu eskalieren. Jetzt nur keinen Krach beginnen. Aber ich lasse nicht locker, schließlich finde ich es toll, wenn mein Mann morgen mit mir Tango tanzt und nicht Gordon, Wolfgang oder Harald. Ich schmolle ein wenig. Es fällt kein weiteres Wort zwischen uns.

Wir starren beide auf die Tanzpaare. Ganz plötzlich nimmt Hubert meine rechte Hand, führt sie zu seinem Mund und küsst sie.

»Du hast ja Recht. Wir haben Urlaub. Und diesen werden wir nutzen, um tanzen zu lernen. Glaubst du, wir schaffen das heute noch?«

»Jetzt bin ich aber baff. Dass du dich doch dazu durchringen kannst? Lass' uns an der Rezeption nachfragen, wo die nächste Tanzschule ist? Wir wollen doch keine Zeit verlieren.

Hand in Hand verlassen wir umgehend die Dachterrasse, werfen jedoch noch einmal einen neidvollen Blick auf die Tanzfläche.

Wenige Sekunden später stehen wir vor dem Concierge. Er spricht gebrochenes Deutsch. Nachdem wir ihm unseren

Wunsch vorgetragen haben, setzt er ein breites Grinsen auf, reibt sich die Hände und erklärt: » Wenn Sie wollen, können sie heute Nachmittag um 14 Uhr einem Kursus beiwohnen. Er dauert circa vier Stunden. Ausgebucht ist er zwar schon lange, aber ich mache eine Ausnahme für Sie. Ich selbst bin der Tanzlehrer und meine Frau ist meine Partnerin. Sie arbeitet übrigens im Service. Bestimmt sind Sie Esmeralda schon begegnet.«

Ein kurzer vertrauter Blickkontakt genügt uns. Wir sagen dem Unterfangen zu.

»Da bin ich aber froh, und es bleibt uns noch genügend Zeit für die Zweisamkeit.«

***

Punkt 14 Uhr stehen wir in der Hotelhalle. Fünf weitere Paare sitzen in den Sesseln. Alle schauen konzentriert auf den Eingang. Da sich sonst keine weiteren Personen im Foyer befinden, sind diese Damen und Herren die vermeintlichen Tanzschüler. Ich mustere jedes Pärchen ab. Drei von ihnen schätze ich auf unser Alter, die beiden anderen auf Mitte dreißig. Alle stecken in guten Tanzschuhen. Die Frauen tragen, wie ich , ein Sommerkleid, die Männer eine leichte Hose, dazu ein helles Oberhemd.

Roberto stürmt gefolgt von Esmeralda in das Hotel. Wie erkennen die Frau sofort. Sie ist auffallend zierlich, versprüht einen Elan, welchen das übrige Servicepersonal in den Schatten stellt.

»Wamos. Auf geht' s! Folgen Sie mir bitte in den Minibus,

der draußen auf uns wartet,« bittet Roberto während er in die Hände klatscht.

Die Tanzschule ist nicht hier im Hotel, sondern vier Straßenzüge entfernt, erklärt er und auf deutsch im Bus. Zum Laufen sei es zu weit, weshalb er den Hotelbus genommen hat. Die Tanzschule betreiben seine Frau und er seit zehn Jahren im Nebenerwerb. Früher haben sie nur von dem Unterricht gelebt, doch dies alleine reicht nicht aus, um die Familie mit drei Kindern zu ernähren. So haben sie mit der Hotelleitung vereinbart, Hotelgäste die Tango tanzen lernen wollen, in ihrem eigenen Haus zu unterrichten.

Die Fahrt geht durch einige breite Straßen von *Recoleta*. Mir ist schon etwas mulmig bei der Sache. Vielleicht ist es ein übler Trick, Hotelgäste abzu schleppen oder gar zu erpressen.

Ich bin sehr misstrauisch und sage es leise meinem Mann. Offensichtlich nicht leise genug. Denn von hinten sagt eine Frauenstimme in eindeutigem Schweizer Dialekt; »Mir ist die Fahrt hier auch nicht geheuer. Was machen wir nur, wenn die uns irgendwo einsperren?«

Hubert und ich drehen uns um. Die Frau starrt uns mit weit aufgerissenen braunen Augen an.

Angst steht ihr auf der Stirn geschrieben. Ihr Mann nebenan versucht sie zu beruhigen, indem er ihr liebevoll über den Rücken streichelt: »Ach Doris, es wird schon nichts passieren. Ich glaube Roberto ist ganz in Ordnung, sonst hätte er bestimmt nicht den Job an der Rezeption und seine Frau den im Service.«

»Genau, antwortet Hubert, es ist eines der besten Hotels hier, da achtet man schon auf das Personal.«

Wenige Augenblicke später stehen wir vor einem wunderschönen barocken Haus mit vier Etagen. Es ist sehr gepflegt. An der Hauswand hängt ein Emailleschild mit dem Aufdruck
Tango-Tango-escula Robert y Esmeralda Müller.
Wir scheinen doch keinem Scharlatan auf den Leim gegangen zu sein. Roberto bittet uns herein. Wir folgen ihm wortlos in den ersten Stock. Dort befindet sich die Tanzschule. Während wir die steile Holztreppe erklimmen, klärt er uns über das Anwesen auf. Seine Urgroßeltern haben als deutsche Einwanderer vor langer Zeit ein Vermögen mit dem Export von Fischen gemacht.

Das Grundstück mit dem Haus diente einst als Firmenzentrale, bis sein Vater den Fischhandel übernahm und alles nach *La Plata* verlegt wurde. So ist das Stadthaus heute nur noch der Wohnsitz der Familie. Da Esmeralda schon immer gerne eine eigene Tango-Tanzschule haben wollte und sich hier der nötige Platz bot, unterrichten die Müllers seit 2005. Interessierte Schüler finden sie im Hotel *Recoleta*.

Der Saal misst fast neun mal sechs Meter. Ich finde ihn auf den ersten Blick nicht sonderlich groß. An drei Seiten zieren hohe Spiegel die Wand, während die vierte zur Straße geht. Die hohen Fenster sind mit Jalousien verdunkelt, sodass die Tageshitze nicht durchdringen kann. Der Raum ist angenehm klimatisiert. Eine dezente Beleuchtung vervielfältigt sich durch die Spiegelwände. Leise spielt Tango-Musik vom Band. Mich überkommt das Gefühl gleich loslegen zu müssen, so überwältigt bin ich von diesem Ort. Ich sage es im Flüsterton zu Hubert. Er nickt nur.

Roberto bittet uns, sich Paarweise vorzustellen. Dabei spricht er ausnahmslos deutsch.

Einige Minuten später verstehe ich auch warum. Die zwei älteren Paare sind unverkennbar an ihrer Aussprache aus der Schweiz, die beiden jüngeren haben einen Wiener Dialekt, während das Ehepaar unserer Jahrgangsstufe ein akzentfreies Hochdeutsch von sich gibt.

Wir alle sind bereit für einen Tanz-Crash-Kurs innerhalb vier Stunden. Unser Tanzlehrer vermittelt uns zunächst Ursprung, Herkunft, Wesen und gesellschaftliche Bedeutung des Tangos.

Dann zeigt er gemeinsam mit seiner Frau erste Tanzformationen; langsam ganz langsam, so dass wir jeden einzelnen Schritt verfolgen können. Erst danach beginnen sie jedem einzelnen die wesentliche Grundschritte und Körperhaltung zu zeigen.

Ich habe mit dieser persönlicher Unterstützung gar nicht gerechnet. Es fällt mir wesentlich leichter mich auf die Füße zu konzentrieren. Nach geschätzten zwei Stunden gönnen wir uns eine Erfrischungspause von fünfzehn Minuten. Trotz leichter Erschöpfung unterhält man sich.

Wir erfahren, dass sie alle als Touristen Buenos Aires besuchen und mit besonderer Aufmerksamkeit dem morgigem Tango-Day entgegenfiebern. Es soll der Höhepunkt ihrer Reise sein, bevor es tags darauf wieder zurück ins das kalte Europa geht.

Esmeralda stellt den CD Player etwas lauter. Es ist die Aufforderung nun aktiv zu werden.

In Position gebracht, legen wir alle fast gleichzeitig los. Jedem scheint es trotz manchem Stolperschritt Spaß zu machen. Mein Mann entwickelt sich sogar zum wahren Naturtalent.

Ich liege regelrecht in seinen Armen, lasse mich von ihm führen und wiegen. Das habe ich nicht von ihm erwartet. Er ist selbst von seiner plötzlichen Tanzkunst überrascht.

Total durchgeschwitzt und abgekämpft bringt uns Roberto um halb sieben wieder ins Hotel zurück. Ob die anderen wohl schon alle eingetroffen sind? Wir schleichen uns auf alle Fälle unauffällig an der Rezeption vorbei zum Lift und verschwinden schnell in unserem Zimmer. Ungern möchten wir unseren heimlichen Tanzkurs jetzt schon preisgeben. Morgen ist genügend Zeit für ein Geständnis.

***

»Hubert, ist Jula da?«

»Ja. Die steht gerade unter der Dusche. Ist es sehr wichtig, dann ruf 'ich sie? Ach, ich höre, die Brause läuft nicht mehr. Dann kann sie ans Telefon kommen.«

»Schatz, komm' schnell ans Telefon, Tanya ist dran. Sie klingt sehr aufgeregt.«

Ins Badehandtuch eingewickelt, die nassen Haare triefen, stürze ich aus dem Bad, lasse mich auf das Bett fallen und nehme Hubert den Hörer aus der Hand.

»Ja, Tanya, was gibt' s? Hast du Lars und Tonya reinen Wein einschenken können? Hat alles so geklappt wie du dir es ausgedacht hast?« will ich wissen bevor ich die Freundin zu Wort kommen lasse.

»Ja, ja, das hat sogar besser funktioniert. Stell' dir vor, die drei sind am Schluss familiär miteinander umgegangen. Die Tatsache, dass Torsten nicht der leiblicher Vater ist, hat Tonya erst arg schockiert. Den One-Night-Stand mit meinem Lehrer hat sie nicht so sehr berührt, eher hat sie empfindlich auf das Verschweigen ihrer Herkunft reagiert. Warum ich dich dringend sprechen muss, wo steckt Gordon und der Rest der Familie? Müssten die nicht schon lange zurück sein? Wir haben uns zwar bei Carlos im *Torquato Tasso* verquatscht. Die Zeit ist uns einfach davon gelaufen. Ich mache mir Sorgen, schließlich ist Argentinien ein heißes Pflaster, was die Kriminalität angeht.«

»Meine Liebe, ich bitte dich, Gordon kennt sich hier Bestens aus. Was soll im Taxi schon passieren? Vielleicht zeigt er ihnen noch die Sehenswürdigkeiten und diese nicht nur vom Auto aus. Du wirst sehen, zum Dinner sind sie bestimmt da. Möchtest du zu uns kommen?«

»Nein lass' mal, ich warte lieber unten in der Halle auf sie.«

Dies ist keine gute Idee, finde ich, dort besteht größte Gefahr, Martin Bohn direkt in die Arme zu laufen.

»Doch, du kommst zu mir ins Zimmer und bringst dein Brautkleid mit. Gordon darf dich morgen auf keinen Fall schon vor dem Gang zum Standesamt darin sehen. Du weißt, das bringt sonst Unglück. Soll ich dir nicht noch die Fuß- und Fingernägel schön lackieren? So wie früher? Weißt du das noch? Wir haben den Nagellack deiner Mutti genommen und uns heimlich hübsch gemacht. Wie alt waren wir damals?«

»Vielleicht zehn, das hat großen Spaß gemacht.

Du hast Recht. Ich komme und bringe alles mit. Auch habe ich noch einen Prosecco in der Minibar liegen. Den trinken wir beide, schicke Hubert in die Bar oder sonst wohin. Oh, hoppla, das wollte ich so gar nicht sagen, aber du weißt, wie ich das meine.«

»Ja, ja, ich kenne dich. Jetzt bist du ganz die alte Tanya. Hubert wird sich an der Bar oben auf der Dachterrasse ein kühles Bier genehmigen. Das hat er sich verdient nach diesem Nachmittag,« platze ich heraus. Gleichzeitig bereue ich meine Worte.

»Was habt ihr eigentlich den ganzen Tag gemacht?« Kommt prompt die Frage.

Ich weiche aus: »Bis gleich, ich föhne mich jetzt und dann bist du an der Reihe.«

Annette, Evelyn, Harald, Wolfgang und Gordon steigen zuerst aus dem Wagen. Sie betreten die Eingangshalle und steuern direkt auf die Rezeption zu. Martin Bohn wartet noch einige Minuten, dann folgt er ihnen. Auf keinen Fall darf er zusammen mit ihnen einchecken. Tanya könnte ihre Schwestern vielleicht schon erwarten und es wäre zu dumm, jetzt schon …

Stattdessen werden sie von Hubert empfangen. Anstatt in die Bar zu gehen, verweilt er in der Halle, um Schlimmeres abwenden zu können. Christiane hat sich zu ihm in die kleinen Sessel gesellt. Die Begrüßung der Neuankömmlinge ist herzlich.

***

Martin betritt langsam, sich umschauend das Hotel. Der Portier bringt die beiden Koffer.

Er stellt sie neben dem Tresen ab und zieht sich dezent zurück.

Martins Augen bleiben an dem Gesicht der Frau aus dem Taxi hinter ihnen hängen.

Sie kommt auf ihn zu.

Die beiden umarmen sich und reden leise ein paar Worte auf spanisch.

Erst dann gehen sie gemeinsam zu dem Concierge um einzuchecken.

Alba, seit zwanzig Jahren die Frau an seiner Seite, will erst morgen die ganze Familie ihres Mannes kennenlernen.

***

»Wo ist Tanya?« will Annette wissen.

Hubert zieht sie am Arme zur Seite und flüstert: »Jula hält sie in Schach, dass Martin ihr nicht jetzt schon in die Arme läuft. Die beiden sind auf unserem Zimmer und lackieren sich die Nägel oder machen weiß Gott etwas. Willst du sie anrufen? Wir haben Zimmernummer 415. Das ist auch die Direktwahl.«

Gordon ergreift kurz das Wort:

»Harald, Hubert, Wolfgang, ich lade euch ganz spontan zu meinem Junggesellenabschied ein. Wollen wir uns nach dem Dinner zur gemütlichen Männerrunde treffen?«

Wie einstudiert kommt ein freudiges der Herren: »Ja, gerne.«

»Ich will jetzt aber gleich Tanya sehen.« bittet Annette.

»Warum, hast du etwa Sehnsucht nach unserer kleinen Schwester?«

»Ja, das auch, aber ich habe das Gefühl im Bauch, dass sie uns jetzt mal wieder braucht. Ich werde sie gleich anrufen, sobald wir in unserem Zimmer sind. Wo steckt eigentlich Papa?«

Es jetzt bemerken sie, dass der alte Mann gar nicht mehr da ist.

»Der ist bestimmt schon in seinem Zimmer. Es ist doch eine anstrengende Zugfahrt gewesen,« antwortet Gordon mit bedenklicher Mimik.

***

Tanya und ich sitzen draußen auf dem kleinen Balkon. Die Flasche Prosecco haben wir schon zur Hälfte leer getrunken. Die Nägel erstrahlen in leuchtendem Rot, als es an der Tür klingelt.

Ich quäle mich aus dem Korbsessel zur Tür. Vor mir stehen Annette, Evelyn und Christiane. Jede hält ein Sektglas und eine Flasche Champagner in der Hand.

»Hallo Jula, Hubert sagt, dass Tanya bei dir ist. Dürfen wir drei zu euch kommen? Wir wollen unserer Kleinen einen schönen Mädelsabend bescheren. Ihr habt ja wohl schon mit dem Polterabend angefangen? Wie du aussiehst!« poltert Annette los.

Ohne eine Antwort abzuwarten, stürmen die drei an mir vorbei. Ich schaue an mir herunter und stelle fest, dass Annette Recht hat. Ich habe mir zwar die Haare geföhnt, die Nägel hübsch lackiert, sonst aber bis auf den Bademantel auf jegliche Kleidung verzichtet. Es ist mir peinlich, außerdem halte ich noch mein Glas in der Hand.

Der Balkon ist, wie schon erwähnt, klein. Wir finden dennoch genügend Platz. Wie früher sitzen wir im Schneidersitz, auf einer auf den Boden ausgelegten Wolldecke. Christiane, Annette und Evelyn stecken in bequemen Caprihosen, tragen weite lockere T-Shirts, während Tanya und ich immer noch in Bademäntel gehüllt sind.

»Ich rufe noch schnell Tonya dazu,« meint unsere Braut, »sie darf hier nicht fehlen.«

Auf das Abendessen verzichten die Damen. Stattdessen ordern sie Tapas, argentinischen Rotwein und Mineralwasser für Tonya. Gordon und sein männliches Gefolge, Lars hat sich der Runde ebenfalls angeschlossen, genießen die Vorzüge der Bar auf dem Hoteldach. Sie haben im Vergleich zu den Frauen richtig guten Appetit.

***

Es ist der 11. Dezember. Ganz Buenos Aires feiert den Tango – Day. Wir feiern Hochzeit. Der gestrige Polterabend war lang, fröhlich und sehr feucht. Dennoch fanden wir noch vor Mitternacht den Schlaf der Gerechten.

Auf ein gemeinsames Frühstück wird verzichtet. Alle haben sich Kaffee und Hörnchen aufs Zimmer bringen lassen. Für zehn Uhr ist der Hotelbus bestellt, der die ganze Hochzeitsgesellschaft zum Rathaus an der *Plaza de Mayo* bringt.

Die Trauung findet um halb zwölf statt..

An diesem Tag sorgt die Sonne sorgt schon morgens für hohe Temperaturen. Wir haben eine gute Wahl getroffen, leichte Kleidung für diesen besonderen Anlass zu tragen. Tanya wird von ihren Schwestern, ihrer Tochter und mir eingekleidet und hübsch zurecht gemacht. Das ganze findet in Huberts und meinem Hotelzimmer statt.

Direkt nach dem Frühstück beginnen wir hektisch wie Hühner eine perfekt gestylte Braut zu zaubern. Es macht uns einen riesigen Spaß. Tanya ist nervös und hat stets am Make Up etwas auszusetzen. Annette gibt sich große Mühe die Kritik an ihrem Können ohne böses Contra hin zu nehmen.

Tanyas Kleid sieht fantastisch aus.

Die Sandaletten haben die gleiche Farbe wie die kleine Unterarmtasche. Der Nagellack, den wir gestern Abend aufgetragen haben, ist von gleichem Rot wie Tasche und Schuhe. Reiner Zufall.

An Evelyn ist eine Friseuse verloren gegangen. Sie zaubert Tanya eine hoch gesteckte Haarpracht.

Die Braut sieht nach der ganzen Prozedur wie ein Fotomodel aus. Wir anderen müssen uns sehr anstrengen, wenigstens einiger Maßen mithalten zu können.

Dann ist es soweit.

Wir Frauen verlassen das Zimmer und schreiten die Füße kontrollierend über den Gang zum Fahrstuhl. Der Aufzug lässt auf sich warten. Gerade als wir beschließen die Treppen zu nehmen, öffnet sich die Tür. Das alte Paar im Lift tritt erschrocken einen Schritt zu Seite, dann dreht es uns den Rücken zu. Sie sind sehr fein gekleidet. Es ist zwar mit so vielen Personen arg eng im Aufzug, doch die Zeit drängt. Im Erdgeschoss angekommen, werden wir von Gordon und den anderen Gästen bereits erwartet.

Er hat in seinem weißen Sommeranzug die richtige Auswahl getroffen. Diese passt perfekt zu Tanyas Outfit.

Ich bin mal wieder von diesem Mann beeindruckt.

Die Braut wird die ersten Schritte noch von ihrer Tochter geführt, bis eine dunkle Männerstimme sagt: »Ich darf übernehmen.«

Von hinten greift die Person in Tanyas rechten Unterarm. Erschrocken blickt sie in ein von der Sonne gebräunte Gesicht und in hellblaue Augen.

Dann sucht sie den Augenkontakt zu Gorden, der hinter dem alten Mann steht. Der Bräutigam strahlt seine Herzdame mit den Worten an:
 »Ist das nicht eine Überraschung?«
 »Das gibt es doch gar nicht. Die Augen, das runde Gesicht. Papa, bist du das?«

Erst kann Martin vor Freude gar nicht antworten. Tränen fließen sowohl bei ihm als auch bei Tanya.
 »Pass' auf dein Make Up auf.« funkt Christiane in die Begrüßungszeremonie.

»Ich will wenigsten eine meiner Töchter zum Traualtar führen,« flüstert Martin, als er sich etwas gefangen hat, »das hat dein Gorden richtig gut gemacht, nach meinem Verbleib zu forschen und mich gleichzeitig zu eurer Hochzeit einzuladen. Jetzt lassen wir aber den Standesbeamten nicht warten. Los, wir fahren und inzwischen unterhalten wir uns mal von Vater zu Tochter.«

Tanya ist fast ohnmächtig geworden. Sie schwankt etwas, findet aber Halt am Arm ihres Vaters. Alle gehen nach draußen, wo der Hotelbus schon wartet. Die alte Frau aus dem Aufzug wird jetzt von Christiane begleitet, nachdem man sie als die Ehefrau von Martin Bohn der Familie vorgestellt hat. Sie begrüßt zur großen Überraschung jeden Einzelnen in gutem Deutsch.

***

Auf der *Plaza Mayo* angekommen, werden wir von Juan, Rosita, Carlos und Maria auf das Herzlichste empfangen.

Trotz des allgemein hohen Verkehrsaufkommens hat es Roberto, der Tango tanzende Concierge und Hotelbusfahrer, gerade noch rechtzeitig zum Rathaus geschafft.

Martin führt Tanya bis zur Tür des Rathauses, dann übergibt er feierlich seine Tochter an Gordon.

Die beiden sind heute das einzige Brautpaar in diesem Rathaus. Dank Juans Verbindungen wird an diesem *Tango – Day* eine Ausnahme gemacht. Normalerweise ist das Standesamt an diesem Tag geschlossen.

Alle Gäste passen in das kleine Trauzimmer.

Sie müssen stehen, nur das Brautpaar hat Stühle. Die Trauung wird von einer Standesbeamtin vollzogen, die sowohl auf spanisch als auch auf deutsch die entscheidenden Worte von sich gibt.

Mit offenen Mündern folgen wir dem Heiratsakt. Trotz Klimaanlage schwitze ich höllisch.

Ich bin fast so aufgeregt wie Braut und Bräutigam. Erst als die Trauzeugen nach vorne gebeten werden, fällt die Anspannung von mir ab.

Carlos tritt als erster zum Unterschreiben an den Schreibtisch, dann folgt Martin. Die ganze Zeit bin davon ausgegangen, dass Juan der zweite Zeuge sein wird. Ich finde es als eine gute Entscheidung, dass Herr *Bohn* die Hochzeit seiner Tochter bezeugt.

Wie üblich, dauert ein Heiratsakt nicht länger als eine knappe halbe Stunde, dann werden wir in die Mittagshitze von Buenos Aires entlassen.

Uns erwarten Roberto und Esmeralda, die Angestellten des Hotels, an der eigens aufgebauten Champagner-Bar. Dies ist Christianes Werk.

Fröhlich stoßen wir auf das frisch vermählte Paar an. Viele Zaungäste rund um unsere kleine Gesellschaft klatschen und rufen etwas, was ich nicht verstehe.

Erst als Carlos hinter der Bar sein Bandoneon hervor holt, begreife ich, was das Publikum wollte.

Er setzt sich auf den Betonpoller, der gleich neben der Bar ist, und beginnt *Tango des fratellini* zu spielen.

»Frau Thaler, darf ich bitten?«

Der *Plaza de Mayo* wird zur Tanzfläche.

Tanya und Gordon eröffnen mit ihrem Hochzeitstanz ihren ganz persönlichen *Tango- Day*.

Nach dem Eröffnungstanz der beiden erlaubt sich die ganze Hochzeitsgesellschaft es ihnen gleich zu tun.

Selbst das alte Ehepaar *Bohn* lässt es sich nicht nehmen langsam, aber voller Sinnlichkeit auf der Straße zu tanzen. Hubert und ich wagen schließlich auch unseren einstudierten Tango in aller Öffentlichkeit zur Schau zu stellen.

Der wahre Könner ist jedoch Gordon, der mit seiner Tanya Tango tanzt.

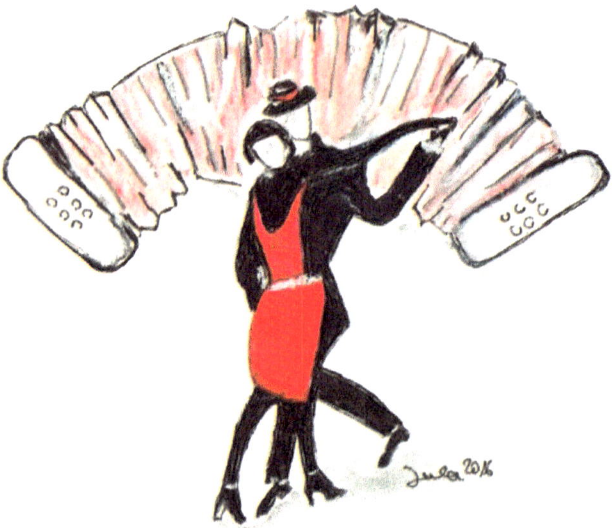

Zu guter Letzt ...

»Jula, was hast du eigentlich gegen mich, fragt Carlos zu späten Stunde, du meidest mich schon die ganze Zeit. Sprichst kaum mit mir. Was ist los?«

»Ach, Carlos, das ist so lange her, dass …, lass' es gut sein.«

»Nein, ich lass' es nicht. Was ist los?«

»Also, dann sag' ich es dir nun ins Gesicht. Du warst als Lehrer ein Schwein.«

»Wieso, was habe ich getan? Oder ist es, weil ich diesen One-Night-Stand mit Tanya hatte?«

»Nein, weil du als Sportlehrer gegrapscht hast.

Das war mir sehr unangenehm und hat dein Stellenwert bei mir sehr beeinflusst. Ich habe deinen Kunstunterricht genossen, ich fand es toll, dass ich die großen Leinwände für die Ausstellung mit deiner Unterstützung malen durfte, aber der Turnunterricht war das Allerletzte.«

»Oh, Gott, das habe ich jetzt nicht erwartet. Ich habe mir wirklich nichts dabei gedacht. Es waren in meinen Augen lediglich Hilfestellungen, damit ihr nicht auf die Matte knallt. Ich schwöre es, dass kein Hintergedanke dabei war. Die Geschichte mit Tanya ist leider das Resultat von zu viel Alkoholgenuss in jener Nacht in Köln.«

»Ist das wirklich so? Kein absichtliches Berühren?«

»Nein, ich würde doch nicht mein Ansehen aufs Spiel setzen.«

Es herrscht erst einmal für ein paar Sekunden Stille. Carlos scheint zu überlegen, bis er den Zeigefinger auf mich richtet und sagt:

»Die Leinwände, die du damals gemalt hast, habe ich von den Rahmen abgebaut und mit nach Buenos Aires genommen. Sie müssten bei uns im Keller liegen. Wenn ich sie finde, darf ich sie dir vor deiner Abreise schenken?«

Welche Frage?

Jula Langhirt (geborene Jutta Schink) erblickte 1961 in Saarbrücken - Daalen das Licht der Welt.

Nach dem Abitur erlernte sie ihren Traumberuf als Bauzeichnerin. Heute betreibt sie mit ihrem Mann eine Baumschule. Schon als Teenager schrieb sie gern und verfasste mit großem Eifer handschriftliche »Sachbücher« wie ›Das Leben von Elvis‹, ›Die Beatles‹ oder ›Segelkurs für Anfänger‹.

Auf der alten Schreibmaschine ihrer Mutter entstanden schließlich erste Kurzgeschichten in den 70er Jahren. Nach einer längeren schöpferischen Pause begann sie als *Jula Langhirt* wieder mit dem Schreiben. Ab und zu hält die Autorin im Rahmen besonderer Events in der Baumschule Lesungen aus unveröffentlichten Manuskripten und dem neuesten Werk.

Jula lebt mit ihrer Familie in der Nähe von Saarlouis.